君とソースと僕の恋

本田晴巳

STARTS
スターツ出版株式会社

あなたは
毎日、毎日
欠かさず買っていく。

ソースを。

目次

君とソースと僕の恋 7
第一章　ソースさん 9
第二章　ウタカタの日々 47
第三章　ヒカリの陰 79
第四章　暗灰色のセカイ 127
第五章　ソース 177
ラピスラズリ 227

君とソースと僕の恋

第一章　ソースさん

店内に流れる有線の音楽も聞こえないくらい、自分の鼓動が耳元でうるさい。

少し震えている手で握った機械が、ピッという音を立てバーコードを読みこむ。

「百五十九円になります」

僕は今日も同じ台詞《せりふ》を目の前の彼女に言った。

きちんとアイロンがかけられている、まぶしいほど白い長袖のシャツ。ボタンはぴったりと一番上まで留められ、その裾をすらりとした足が伸びる膝丈の黒いスカートにきちんと入れている。

彼女は今日も同じ格好で、細い肩にかけている黒い鞄《かばん》から黒の財布を取り出す。

僕の心臓が、どくんとひときわ大きく鳴る。手のひらに、百円硬貨を二枚乗せた彼女の冷たい指先がかすかに触れたからだ。

「……二百円、お預かりします」

僕は、動揺しているのを悟られないよう業務に集中する。レシートとお釣りを彼女の手に乗せ、袋に入れたソースを手渡した。

「ありがとうございました」

長めの前髪を真ん中で分けた、栗色でツヤツヤな肩までの髪。髪の毛と同じ色のキリッとした猫目。筋の通った小さな鼻と下唇が少し厚い艶のある唇《くちびる》。それらのパーツが、色白の小さな顔の中にバランスよく並んでいる。

いつも化粧っけはほとんどないけれど、今日も、とても綺麗《きれい》だ。袋を受け取ると、長いまつ毛を伏せたまま彼女は店をあとにした。

心臓の音は静まらないまま、その華奢《きゃしゃ》なうしろ姿が見えなくなるまで、ただ、僕はずっと見ていた。


今日も、ソースさんは同じ時刻にソースを買っていった。

そして、僕は今日も声をかけることが出来なかった。

住宅街の中にある夜八時過ぎのコンビニには、お客さんはぽつぽつとしかいない。

僕はそれをいいことに、レジの中で何十回目かのひとり反省会をぶつぶつと行い、そんな情けない僕の肩にうしろからぽんと手が置かれた。

「今日も声かけられなかったねー、ヘタレ君」

「……ヘタレって言うな！」

失礼な言葉を吐く、同い年でバイト仲間のヤスの手を振り払って、僕は的確な指摘を否定する。

「てかさ、宇野《うの》君てストーカーっぽいよね」

「ストーカーじゃないし！　家までつけていったりとかしないから!!」

「でも本当は、したいんでしょ？」

ニヤリと笑ったヤスに、すぐに言葉を返すことが出来ない。

「……あ、ぼ、僕、表を掃いてくる！」

ヘタレの僕はレジから逃げ、バックヤードに入る。ほうきとちり取りを両手に店の外に出ると、ついついソースさんがいつも帰る方向を目で追ってしまい、僕は慌てて駐車場の掃き掃除を始めた。

もういるはずがないと分かっているのに、彼女の姿が見えないかと期待してしまう自分はヤスの言う通りなんだろうか。

僕の名前は、宇野正直《まさなお》。『しょうじき』と書いて『まさなお』と読む、両親の願いが一方的にこめられた名前だ。

今年の春に美大の油絵科に入学し、少し憧れていた都会の大学生活と正反対の、遊ぶ暇《ひま》なんか全くない日常を僕は送っている。大学と大学から近いアルバイト先のコンビニのふたつに通うだけで、慌ただしく半年が過ぎ季節は秋になっていた。

うちの大学の油絵科は、かなりレベルの高い実習を行う。出される課題の量は半端なく多く、少しでも手を抜いた作品を提出しようものなら容赦なく不可にされ、単位をもらうことは出来ない。授業中はもちろん、家に帰ってからも次々と出される課題に真剣に取り組まないと、自分ぐらいの力量ならすぐに留年してしまうだろう。

僕は絶対に留年は出来ない。ひとり息子が高校を卒業したら、実家の酒屋を継ぐと思っていた両親の反対を押し切り、僕は田舎から上京して大学に入った。近くに出来た量販店にお客を取られ、それでもなんとか小さな酒屋を営んでいる実家の両親は、経済的余裕がない中ぶつぶつ言いながらでも仕送りをしてくれている。

とはいえ、家賃と学費以外の生活費を稼がないと生きていけず、上京してからの僕はバイトと課題に追われていた。

そんな日々の中で、彼女の存在は唯一の癒しなのだ。

今年の春、桜がすべて散ってしまっても新生活に馴染《なじ》めていなかった僕は、バイト先のコンビニで彼女と出会った。

体力を使わなくていい仕事、大学から近いという理由で、入学してすぐ店頭に募集の貼り紙を見つけてバイトをすることに決めた。

そして、すぐに後悔する。バイト先を決めたとき、自分が昔から計算がとても苦手で、とても動揺しやすい性格だということを忘れていたのだ。

結果、僕はコンビニの主な業務であるレジ作業が苦手で、お客さんが並ぶ列が長くなると頭が真っ白になり作業がどんどん遅れてミスをするという、最悪な店員となってしまった。

ほぼ同時期に入ってきた同い年のヤスは、要領がよくて飲みこみの早い奴だった。慌てる僕のそばで簡単そうにレジを操っていて、それが、さらに気分を落ちこませる。

採用されたときに約束させられた一ヵ月ぐらいはなんとか続けて、それから辞めよう。そう頭の中でカウントダウンをしながら、バイト先に嫌々向かっていたときだった。その日も、鬱々《うつうつ》とした気分で、ミスをしないようにとそればかり考えて業務に専念していた。

お客さんがレジに来た。僕は下を向いて、緊張しながらレジ作業に専念した。レジ台の上に置かれた商品のバーコードを機械で読み取り、値段を言い、紙幣を受け取り、レジに表示された金額のお釣りをお客さんの手のひらに乗せる。

「……あの、すみません」

「……はい？」

突然、お客さんに話しかけられて、僕は頭を上げた。

「あの、お釣り多いですよ」

そう言いながら、女性のお客さんは五千円札を僕の前に差し出す。

「……す、すいません!!　ありがとうございます！」

ぺこぺこと頭を下げたあと、僕は目の前のお客さんの顔をちゃんと見た。

「……がんばってね」

そう言ってくれたお客さんが、静かにほほ笑んだ。

きりっと上がった大きな目を細め、白い歯を覗《のぞ》かせた顔が、僕の頭の中に雷を落とし全身を震わせた。お客さんが店から出ていったあと、全力疾走したあとみたいに心臓がばくばくとうるさく鳴り始め、初めての感覚に戸惑っているとヤスに顔が真っ赤だとからかわれた。

そして、次の日から、あれだけ嫌だったバイト先に向かうのが楽しみになった。ヤスが驚くほどの短時間で通常業務を行えるようになり、やっとまともなコンビニ店員になって、辞めようと思っていた一ヵ月が過ぎてもバイトを続けた。

そうして、仕事にどんどん慣れていく一方で、店にお客さんが入ってくるたびに顔を確認しては肩を落とし続けることになった。

しかし二週間が経ったころ、あのときのお客さんが現れる。その姿をひと目見ただけで、初めて会ったときと同じ症状が、前回の比ではないほどの強烈さで襲いかかってきた。

もう一度会えた彼女を目の前にし、僕は、恋に落ちたことを自覚したのだ。

「でもさー、ソースさんて美人だけど、暗い感じだよなぁ」

表を掃き終わり、ふたりで商品の賞味期限をチェックしていると、ヤスが僕の顔を覗きこみながら言った。

「……そこがいいんだよ。ミステリアスっていうか、猫飼ってそうで」

〝ソースさん〟とは、僕が勝手に彼女に付けたあだ名だ。

彼女は二度目に店に現れてから、毎日このコンビニに姿を見せるようになった。

夜の八時ごろにふわりと店に入ってきて、他の商品には目もくれず決まった棚に一直線に向かっていき、ソースだけをレジに持ってくる。

そして、レジを通しお金の受け渡しをして商品を渡すまで、ソースさんが僕の顔を見ることは一度もなかった。僕がどんなに念を送っても、振り返ることもなく、そのまますぐに店を出ていってしまうのだ。

「ミステリアスっていうより、ちょっと怖くね？ どんだけ好きでも、毎日毎日ソース一本は使わないだろ。なんか、黒魔術とかに使ってそう」

そう言って、八重歯を見せて無邪気に笑う。

ヤスは見た目は少しチャラいけど、背が高くてなかなか男前で、某有名私立大学に現役で入っている。田舎者で経験値の低い僕のことをすぐにからかい軽い発言が多いけれど、バイト中に何度もさりげなく助けてくれ、物覚えの悪い僕に笑顔で丁寧に業務を教えてくれた。

親から小遣いをもらうのが嫌だからとここでバイトし、切羽詰まった生活をする僕を褒めてくれ、『モテて困る』が口癖の彼のことがはっきり言ってウラヤマシイ。僕が少しだけ夢見ていたようなユルイ大学生活を送り、余裕があって全てに恵まれてい

る姿は自分と正反対で、比べてしまうとすごく惨めだなと思う。

彼女を作るどころか、僕はソースさんに対してひと言も声をかけることが出来ずに

半年経ってしまった。あの笑顔を向けてくれなくてもいいから、もう一度、彼女に自

分を見てほしい。それが、この半年間の僕の小さくて大きな夢だ。

そう本心をヤスに言ったら、爆笑されてしまうだろう。

「ソースさんが実際どんな人でも、僕の気持ちは変わらないから」

本当に、ソースを使う黒魔術師でも、僕は彼女が好きだ。

「……宇野君、本当に重症だな」

隣を向くと、ヤスがぽんと僕の肩に片手を置く。

「まぁ、俺は、いつでも宇野君の味方だから。たとえ、犯罪者になったとしてもね」

「なんだよ、それ？」と聞くと、うんうんと頷《うなず》いて、意味が分からない。

「まあまあ、変な気起こしそうになったら、すぐに連絡して。適当に女の子紹介する

からさ」

「……うん？　ありがと。でも、別にいいよ」

すぐに断った僕に、ヤスは複雑な表情を向けてきた。

ソースさんと僕の関係は、コンビニのお客様とただの店員。一方的で不毛な片想いだと、いくら僕でもちゃんと分かっている。

でも、あのときの一瞬の衝撃は僕の中に深く刻まれてしまい、現状や自分の意思など関係なく、どんどん気持ちが勝手に膨れ上がって止めることが出来ない。もう、学校や街で擦れ違う女の子に全く興味が湧かず、毎日少しだけ会える彼女しか異性として意識出来なくなっている。そんな、純粋というより、僕自身も気持ちが悪いと思う半年分の片想いが報われるなんて、自分が一番思っていない。

「なんかさ、そこまで一途《いちず》に想えるのってすげえよな。宇野君、俺、これからどうなっても応援するから」

僕は、「ありがとう」と顔を歪《ゆが》めて返し、

「彼女と、……どうかなるなんて、奇跡みたいなことだよね」

と続けた。

そして、このときの自分の言葉を、八年後に実感することになった。

＊

「お疲れ様です〜」

僕はいつも深夜十二時にバイトを上がり、コンビニを出て駅までの道を早足で歩く。ここからふた駅先に僕の住むアパートがあるのだが、終電を逃《のが》すと一時間近く歩いて帰ることになるのだ。

青白い街灯がポツポツと続く道は、十月の少しヒンヤリした空気が流れ、オレンジ色の小さな花の匂いがかすかに香る。

心地いい静かな秋の夜に、なんとなく気分がよくなって、鼻唄を歌いながら歩いた。ロックだけれど、歌詞が切なくて大好きな歌。調子をハズしていたけれど、気にせずに歌う。しんと静まり返った住宅街に下手くそな歌だけが小さく響き、サビにかかるときだった。

「……いっ……やあああああっ!!」

突然聞こえた辺りの空気と正反対な声に、僕は歌うのをやめ立ち止まる。

「……やあああっ!!　やめてえっ!!」

また、女の人の悲鳴がはっきりと聞こえた。声色から非常事態と分かる。地面を蹴《け》り、聞こえたほうへ急ぐ。

「……やめてっ!!　離してっ!!　しーちゃん!!」

静かな住宅街に、自分の足音と女の人の悲痛な叫びが響く。路地に入り、迷うことなく進んで、薄暗い街灯の下で揺れるふたつの人影を見つけた。

細長く固そうな、多分男と、比べるととても小さく見える女の人。女の人は、腕を掴む男を明らかに嫌がっている。目の前の光景に、僕はなんの躊躇《ちゅうちょ》もなく近付き、全身の力をこめて男の腹を拳で思い切り突いた。

男は女の人の手を離し、アスファルトの上にどさりと転んだ。

「……逃げるよ！」

そう叫び、久しぶりに人を殴ってじんじんしている右手を伸ばす。その手を女の人が震える手で掴んでくれ、僕たちはその場から走り出した。ふたりぶんの足音を夜の世界に響かせながら、とりあえず夢中で走る。

「……きゃっ!!」

小さな悲鳴が聞こえて、ふたり一緒に転び、固く繋いでいた手が離れた。

「……だっ、…大丈夫で……すかっ？」

僕は上半身を起こし、ゼーゼーと乱れまくっている呼吸のまま言った。すぐ隣の女の人は、アスファルトの上にぺたんと座り、幅の狭い肩を上下に動かしている。

「……大丈夫ですか？」

もう一度声をかけると、ひとつ咳《せき》をして女の人は顔を上げた。

「……っ！　……って、えええええええっ!!」

僕は変な叫び声を上げ、背中にはぶわっと汗が広がったのが分かった。

「……大丈夫です」

呼吸を乱しながら答えてくれた、目の前の女の人の声を、半年のあいだ何百回も頭の中で再生してきた。

「……あの、君も、大丈夫？」

その人は、言葉をくれ、僕を見つめている。半年抱いていた夢が叶《かな》ってしまった。目の前に、ソースさんが居る。

僕に、あの日の雷がもう一度落ちてきた。視界にぱちぱちと火花が散り頭はぐらぐらで全身は痺《しび》れて、働きすぎな心臓を感じながら、僕は目の前の女の人をもう一度きちんと見すえる。

数時間前、バイト先のコンビニに訪れたときと同じ、白いシャツに黒いタイトスカート姿で黒い鞄は持っていない。肩までのまっすぐな髪の毛に、いつも盗み見ていた整った顔は、走ったあとだからかいつもより温度があるように見えた。

薄暗い中、ソースさん自身が発光しているようで、キラキラ輝きとても綺麗だ。

「……あの……、大丈夫ですか？」

顔を覗きこんでくる彼女に、どっくんと心臓がひときわ大きく鳴る。小さく「大丈夫」ですと答えて下を向き、今の状況を頭の中で整理する。

バイト帰り、深夜の住宅街で叫び声が聞こえて、向かうと男が女の人を襲っていた。

女の人を助けて、その場から走って逃げたら、女の人は偶然にもソースさんだった。

「……あの、本当に、どこかケガしてない……？」

すぐ近くから透明な声が聞こえ、自分の顔のすぐそばに、ソースさんの綺麗な顔があるのに気付く。アニメなら、垂直にぴょんと全身で飛び跳ねていたところだろう。

「……顔が赤いし、……ずっと黙ったままだけど、大丈夫？」

「……だっ、大丈夫ですっ!!」

うるっと潤んだ瞳に覗きこまれ、心臓が口から飛び出る描写も追加だと思った。

「……顔が、赤いのは、……さっきまで、走っていたからです!!」

異常な顔の熱さを感じながら立ち上がり、ソースさんに背を向ける。

あれだけイメージトレーニングを重ねていたのに、効果は全くなかった。小さいけれど大きな夢が突然叶ってしまい、本当は彼女の顔をずっと見ていたいのに、もっと何か話したいのに、動揺して何も出来ない。

よく考えたら、薄暗い中で顔が赤いかどうかなんて分からないはずなのに、思わず背中を見せてしまったのが本当にヘタレすぎて情けなかった。

「……あ！」

「えっ!?」

「うしろ……ズボン……うしろポケットのところ……」

最後、小さくて聞き取れなかった声を受けて、両手をうしろに這《は》わせる。尻部分にジーパンとは違う柔らかな布の感触を感じ、頭の中が真っ白になった。

「あ！　……右腕、血が出てる」

その言葉で我に返り、右腕を目の前にする。長袖のシャツがめくれ血がにじんでいるのを見た途端、ずきずきと傷みを感じ始めた。

「……あの」

僕の背中に、ソースさんが小さく続けた。

「……よかったら、私の家に、今から来ませんか？」

＊

甲《かん》高い雀《すずめ》の声が遠くから聞こえ、閉じた瞼《まぶた》に黄色い光が容赦なく刺さってくる。心地いい眠りから覚めたくなくて、布団を抱きしめて丸まると、かすかな違和感を感じた。

買って以来、一度も干していない薄くて固い布団が、今は柔らかくていい匂いがするモノになっている。それに、なんか温かい。違和感の正体を確認するため、僕は重い瞼をバチリと開ける。

「……!!　えええええっ!!」

腕の中のモノを見て、僕は、叫び声を上げた。

「……ん、……おはよう」

僕の声で目が覚めたのか、彼女はゆっくりと瞼を開く。

「……おっ、おはようございますっ……」

僕がそう言うと、ソースさんはほほ笑んでくれる。

さっき、布団だと思って抱きしめたのは、ソースさんだった。今、ぴったりと、僕と彼女の体は重なっている。そして、あることに気付き、慌てて体を離した。

「……すっ、すいませんっ!!」

彼女から体を離し、ベッドから飛び出して、柔らかいカーペットが敷かれた床に着地する。と、同時に、ベッドの脇にあった棚に思い切り右足の小指をぶつけた。

「……ぎっ!!　いったあ!!」

「……大丈夫?」

「……だっ、……大丈夫です」

僕は顔を歪めていたもののなんとか答え、ソースさん、いや、ミカさんはクスクスと笑った。

その表情や今の部屋の空気はとても柔らかくて、昨晩の張り詰めていたものと全く違った。

「……よかった」

「……何が、よかったの？」

つい漏れてしまった言葉に、ミカさんが首を傾《かし》げてこちらを見ている。

今の、めちゃくちゃかわいい彼女の顔を、ずっと見つめていたい。

「……えっと、……そう、……今日は、多分、野外でスケッチの予定だから、晴れてよかったなってっ！」

僕は、つい思ってしまったことを誤魔化《ごまか》すように嘘《うそ》を吐《つ》いた。カーテンがかかっていない窓からは白く温かい朝日が差しこみ、昨晩のことは全部嘘だというように、部屋を明るく照らしている。

「……宇野君、授業何時から？　もう、八時過ぎだけど？」

現実に戻ってきた僕は、一限目の必修講義の時間が迫っていることに気が付いた。

「ありがとうございますっ！　僕、もう行きますねっ！」

「ごめんね、私のせいで遅刻かな？」

「大丈夫です！　ここからなら、走れば十五分ぐらいで間に合うんで……。……あの、……ミカさんっ」

ベッドの上、上半身を起こしている彼女が首を傾げた。

僕を見てくれているだけでもすごいのに、名前を呼べて、更に厚かましいお願いをする。

「……あの、僕、今日は、夜の十二時までバイトなんですけど。起きてたらでいいんで、それぐらいの時間に電話もらえませんか？」

「……うん、分かった」

眠る前と同じ服装のミカさんは、柔らかくほほ笑んでくれた。

その表情を心のアルバムのど真ん中に入れ、携帯番号を交換して、うしろ髪を引かれまくりながら彼女の部屋を飛び出る。

いつもは固い道路が柔らかく、うまく走れなかったため、大学に着いたときには講義が始まっていた。そろりと静かに教室に入り、空席を探す。今日が実習ではなく講義で本当に助かったと思う。遅刻に厳しく、とても怖い実習の教授に怒鳴られる映像を想像して、ぶるりと体が震えた。

空いていた席に着き、遅刻してきたくせに僕はすぐ机の上に頭を乗せる。

「……い、……おーい、宇野ちん！」

「……はっ！　何？」

「何って、今日の講義全部終わったよ？　いつまで爆睡してんの？」

同級生の声で目覚めた僕は、口の端のヨダレを拭《ふ》き、携帯で時間を確認して驚く。

「起こしてくれて、ありがと……。バイト、遅刻するところだった」

結局、今日は、教室の移動とお昼ご飯以外の時間を全て寝て過ごしてしまった。

本当に、今日が一日講義だけの日で助かった。実習中に居眠りなんかしたら、放課後に長いお説教をされることになりバイトへ行けなかった。

「大丈夫か？　講義中寝るなんて、真面目《まじめ》な宇野ちんにしては珍しいね」

声のしたうしろの席に顔を向けると、同じ学科の同級生達が溜まっていた。美大だけあって、同級生達はそれぞれに個性が強かったけれど、なかなか気のいい奴らが集まっている。お陰で、ゴールデンウィークが終わったころには、学校生活に馴染むことが出来た。

「ちょっと寝不足なんだ……」

そう言って大きなアクビをした僕を見て、輪の中から大きな声が上がる。

「お！　もしかして、女の子とひと晩過ごしたのか？」

ひとりの言葉で、その場に居た連中が一斉に騒ぎ出す。

「早く言ってくれたら赤飯炊いたのに！」

「相手、誰だよ！」

「絵画バカで絵しか興味ない宇野ちんに、とうとう春が来たか！」

勝手に決め付けて、連中は様々な言葉でからかってくる。

大学に入って早々に行われた、親睦《ぼく》を深めるための油絵科の飲み会で少し酔っぱらってしまった僕は、自ら女の子と付き合ったことがないとカミングアウトしてしまった。それからは、年齢＝彼女いない歴をからかわれ続け、大学での失敗をくり返さなかったのに、なぜかヤスも気付いてしまった。

こういうときは逃げるしかなく、僕が手早く荷物をまとめ席を立ったときだ。

「あ、お前、首にキスマークついてるぞ」

そう指摘されて、一瞬で自分の顔が赤くなったのが分かった。

「……えー！　マジ⁉　本当に女の子と居たんだ⁉」

同級生のひとりがそう叫ぶと同時、脱兎《だっと》のごとく教室をあとにし、廊下を走ってトイレに駆けこみ洗面台の鏡で急いで確認する。

「……本当に、付いてるよ……」

鏡に映る自分の首には、小さな赤い花弁のような痕《あと》が付いている。それを見ていると昨夜のことを思い出してしまい、赤くて気持ちの悪い顔をした自分が目の前の鏡に映し出された。

まだ、信じられない、半年のあいだ見ていることしか出来なかったソースさんと、夢のようなときを過ごせたのだ。

僕は、彼女に縫ってもらったジーパンから携帯を取り出す。電源を入れると、ディスプレイには黒猫の置物が映される。昨日のことが、夢ではない証拠だ。

＊

「……よかったら、私の家に、今から来ませんか？」

そう、ソースさんに言われて、僕は体ごと振り向いた。

数時間前はバイト先に来るお客さん、今は痴漢《ちかん》から一緒に逃げた女の人。今、目の前に居る人は、半年間片想いをしていたソースさんに間違いなかった。

言われたことを頭の中で反すうし、ごくりと喉《のど》を鳴らしてから返す。

「……いっ、家に、行っていいんですか？」

声が裏返ってしまい、恥ずかしくて顔を下に向けたかったけれど、ぐっと我慢する。

「腕、手当てしないと。……あと、迷惑じゃなければ、ズボン縫わせてくれないかな。下着……が、その、見えてるし……」

そう言ったあと、まだ地面に座ったままのソースさんは目を伏せる。

今日は白地にピンクのハート柄のトランクスを穿《は》いていることを思い出し、好きな人に変な柄パンを見られると、こんなに恥ずかしいのかと思う。

「あの、それに……、あの男の人がまだ居たら怖いし……ダメかな?」

熱く赤い顔を下に向ける前に言われ、僕は、彼女にくぎ付けになる。

恐怖のあとだからか、茶色の瞳が濡れていて、かすかに体が震えているのが分かる。

そんな目の前の彼女がとてもかわいいと思う僕は、不謹慎だし、……変態かもしれない。そんな反則的な顔で頼まれて断れるはずもなく、「いいですよ」と返事をする。

偉そうに聞こえなかったか尋ねる前に、ソースさんは表情を緩めて言った。

「すぐそこだから、ついてきてね」

その場からゆっくりと立ち上がり、ソースさんは姿勢よく歩き始めた。その小さな背中を、僕は少し距離を空けてついていく。

もしかしたら、今の僕を見た人は誤解するかもしれない。さっきまでの痴漢よりはマシに見えているといいのに。そんなことをボンヤリ考えていると、四階建ての小綺麗なマンションの前でソースさんは足を止めた。

「どうぞ」と、ソースさんがマンションの玄関の扉を開けてくれる。僕はぺこりと頭を一度下げてから足を踏み入れ、それを見ていた彼女は、また少し表情を緩めた気がした。

中に入るとすぐ右にエレベーターがあったけれど、ソースさんはそれを通り過ぎて突き当たりの階段を上《のぼ》り始める。僕は黙ってあとに続いた。ゆっくりと三階まで上がり、階段からすぐの『301』と表札がある部屋の前で止まる。

「少しだけ、待っててもらえる？」

僕に振り返り、そう言ったあと、彼女は部屋に入っていく。

扉が閉まった部屋の前でひとり残されて、急に現実がどかんと追いついてきた。手のひらがいきなり汗だくになり、治まっていた心臓の音がまた強く聞こえ出す。ここまで来てしまって、自分がどうしたらいいのか分からず、意味もなくその場で僕はスクワットを始めた。

「お待たせ。……どうしたの？」

両手を頭に乗せて膝《ひざ》を深く折っている僕を、部屋の扉を開けたソースさんが目を丸くして見ている。

「……あっ、あっ、あの、昔、毎晩の日課だったんで」

慌てて、〝気を付け〟の姿勢を取った僕に、彼女は首を傾げながら言う。

「……腕、大丈夫？　もう少ししてから、入ってくる？」

「いえっ、両方とも大丈夫です！」

そう言って、痛みなんてどこかに行ってしまった右腕をブンブンと振る。

「じゃあどうぞ」と扉を押さえるソースさんに促されて、急いで玄関に入る。

「おっ、お邪魔します」

靴を脱いで、靴下に穴が開いていないか確認していた僕に、彼女は白い布のスリッパを勧めてくれた。

「いえっ、大丈夫です！」

そんな綺麗なものに自分の足を入れることは躊躇《ためら》われたからだ。ソースさんはまた首を傾げて、こっち、とつるりとしたフローリングの廊下を進む。

床には何も置かれていなくて、ゴミひとつ落ちていない。きちんと廊下があって、扉が何個かある家に入るのは実家に居たころ以来だ。

今、僕が住んでいるアパートは、木造で築四十年、畳の四畳半のワンルームで、ユニットバスがかろうじて付いている。床は画材や教科書、その他の色んなもので溢《あふ》れ、敷きっぱなしの布団はモノをどかさないと寝られない状態だ。同級生のひとり暮らしの男子の部屋に行っても同じようなモノで、お互いにゴミ箱みたいな部屋だなと貶《けな》し合っていた。そんな環境に住んでいるので、自分の足がこんなに綺麗な廊下に触れていることにさえ躊躇われる。

廊下を少し進むとソースさんはすりガラスがはめこまれたドアを開いて、「狭いところでごめんね」と言った。否定する前に招き入れられた部屋は、なんだか、とてもいい匂いがした。

右奥には、コンロがふたつ付いたガス台に洗い物のないシンクのキッチンがあり、シンク横の壁には大きめの食器棚と冷蔵庫がある。キッチンからすぐに、椅子《いす》がふたつの小さめの食卓が置かれ、それでも部屋の半分ほどが空いている。

食卓を背にする形で白いソファが置かれ、その前に食卓と同じ深い茶色の低いテーブルがあり、それ以外は、左奥のアイボリーのカーテンが引かれた窓辺にある小さな鉢植えだけだ。

僕の部屋と正反対の、清潔で広い部屋だった。なのに、何か足りないものがある気がした。

「部屋、汚くてごめんね。ソファに座ってて」

そう言って、ソースさんは台所へと向かった。

僕は少し迷ったあとで、シミがひとつもない白いソファに浅く腰かけた。今居る生活臭が全くしない部屋が狭くて汚いのなら、僕の部屋は小さなゴミ箱だろう。綺麗な人は部屋も綺麗なのかと感心していると、あることに気が付く。

この部屋に場違いな自分が座っているふかふかのソファは、彼女が毎日座っているんだろう。そう思った途端、また厄介《やっかい》な発作が始まった。膝の上に置いている両方の拳《こぶし》の中がじんわりと汗をかき出し、意識を逸《そ》らそうと視線を泳がせる。

目の前の先にはベージュのカーテン、右の白い壁には丸くてシンプルな掛け時計だけ、左の壁は引き戸で開け放たれている。今居る部屋の半分ほどの広さで、電気がついてないので薄暗く、ベッドが置かれているので寝室だろう。

僕は、一瞬であらぬ想像をしてしまった頭を、ぶんぶんと左右に激しく振った。

「それも、日課？」

「……えっ、あっ、……はい！」

さっきから奇行ばかり見せている僕は、いつの間にかそばに立っていたソースさんに、無駄に元気な返事をした。

「どうぞ」と、彼女が僕の前にグラスを置く。「頂きます」と、喉がカラカラの僕はグラスを掴んで一気に飲み干す。冷たい麦茶はとてもおいしかった。

「おかわり、持ってくるね」

ソースさんは小さく笑ったあと、キッチンへ向かった。

その笑顔は、半年前に見せてくれたものよりとても近くに感じた。今は彼女の部屋に居てバイト先ではないのだから、より近くに居るのは当たり前なのだけれど。

ソースさんはお茶のおかわりを注いでくれ、隣の部屋から救急箱とタオルケットを持ってきてくれた。手当ては自分でやりますと主張した僕に、破れたジーパンを渡してくれと言った。

ここに来た目的を思い出した僕は、手早く腕の処置をしたあと、もそもそとタオルケットを下半身に巻き付ける。くたびれた脱ぎ立てのジーパンを、気を遣ってくれたんだろう、背中を向けるソースさんに渡す。

臭《にお》いとか丈夫だろうかと不安になった僕に構わず、彼女は裁縫箱を持ってきてテーブルに置く。床に座って僕のジーパンを膝に置き、裂けた布と布を合わせて器用にちくちくと縫い始める。

「出来るまで、寝ててもいいよ」

「そんなっ、大丈夫です！　あのっ、やっぱり、僕が下に座りますからっ！」

「お客様なんだから、気にしないで」

タオルケットを下半身に巻き付けた、間抜けな格好でソファに座る僕に、ソースさんはまた小さく笑う。

「ごめんね、うちテレビないからつまんないよね」

そう言われて、部屋に足りなかったものに気が付いた。

「いえっ、最近の人は、ないのが普通らしいですからっ！」

「最近の人って、君のほうが私より絶対若いよね」

「十八歳です！　ここから近い美大に通ってます！」

ぷっと噴き出し、彼女は両目を細めた。

「十八歳って、元気で声が大きいんだね。もう少し待っててね」

彼女の言葉で、全身が熱くなる。僕は緊張すると声が大きくなる癖があり、分かっているけれど、今も例外でなかったようだ。また喉の渇《かわ》きを感じたのでグラスを空け、それからは僕は口を開かず、彼女は裁縫に集中していた。

会話がなくなり、壁に掛けている時計の音が静かな部屋に響き出す。

どれくらいか経ち、僕は全然つまらなくないなと思った。静かな部屋で、目の前にいる彼女が針を器用に操り穴を閉じていく、その様子を見ているだけで十分だ。

ソースさんの部屋に招かれて、お茶を出してもらい、普通に会話が出来て、彼女の綺麗な横顔をこんな間近で見ていられるなんてまだ信じれない。

僕に、今、奇跡が起こっている。

「出来た、遅くなってごめんね」

ソースさんが、紛れもなく僕に向けほほ笑んでくれる。

「あっ、ありがとうございました！」

また声が大きくなってしまい、口を閉じる。

「ごめんね、時間かかって。この穴、一緒に転んだときに空いちゃったのかな？」

そう言って、彼女はふふっと笑った。それはコンビニに来ていたときには見られなかった表情で、とてもかわいくて、心臓が痛いぐらい高鳴り出す。

初めて出会ったときから、この人は、どれだけ僕をドキドキさせたら気が済むんだろう。

「……あのっ、渡してもらっていいですか？」

気持ち悪いことを思った僕は、顔を下に向け彼女に腕を伸ばす。

「ハート柄かわいかったね」

首をもたげると、ジーパンをこちらに差し出しいたずらっぽく笑う彼女が居る。

「……っ、違うんですっ！　いつもは、もっとちゃんとしたヤツ穿いてますからっ!!」

僕は叫び、ソファから腰を上げた。動揺していたからだろう。タオルケットを押さえていた手を離して、当然、変な柄のパンツが堂々と現れてしまう。

慌てて床に手を伸ばす。力まかせに布端を引っぱった僕は、片足がタオルケットを踏んでいたのに全く気付いていなかった。全身がずるっと前のめりになり、声を出す暇もなく体がすぐに床に叩《たた》き付けられた。

今の自分を上から見たら、潰《つぶ》れたカエルみたいだろう。

そんなことを思いながら、手のひらと膝のじんじんとする痛みを感じ、柔らかく感じる床に目を向ける。

胸下には、とても柔らかい、ソースさんが居た。

ごくりと唾《つば》を飲み込む。偶然とはいえ、まるで僕がソースさんを押し倒したみたいな格好になっている。身動きひとつせずに、綺麗な茶色の瞳をこちらに向けソースさんは僕を見ている。

ずっと想うだけで、話すことや、まして触れることも出来なかった人がこんなに近くに居る。ソースさんの美しい顔が、華奢な体が、今、僕の体に囚《とら》われて動けなくなっている。ついに体中が心臓になり、渇いた唇を動かす。

「……あなたは、僕のこと知らないと思います。でも……」

僕は、ソースさんの顔を見つめ、言葉を落とした。

「あなたのことが好きです」

＊

どれくらいの時間がかかったんだろうか、自分の放った言葉を認識するのに。

「……えっ！　って！　……うわっ！　す、すいませんっ!!」

我に返った僕は、急いで体を起こす。自分で自分が信じられなかった。あんな言葉を吐くなんて。彼女の顔がまともに見られなくて、床に座りこんだ僕は背を向ける。

「……すっ、すいませんっ。これ穿いたら帰ります。ありがとうございました」

無意識に、僕は、半年分の想いをソースさんに告白してしまっていた。

頭の中で色んな感情がごちゃ混ぜになって、いたたまれなくなり、とりあえずジーパンを掴んで立ち上がろうとした。

「本当に、私のこと好きなの？」

「……え？」

小さく聞こえた声に、僕はゆっくり振り向こうとした。しかし、声の主《ぬし》の顔を見る前に、片腕を思いがけない強い力に引っぱられ、簡単に床へ大の字に転がってしまう。

「本当に、私のこと好き？」

今度は、ソースさんが僕を押し倒している。

さっきの僕とは違う、偶然ではない行動に、なんでそんなことを聞くんだと思った。

でも、今は、質問は出来ないと感じる。

「……はい、本当です」

僕は状況が飲みこめないまま、質問に返事だけする。

「ちゃんと、言って」

僕の上にある、なんの感情も読み取れない綺麗な瞳にはっきりと言った。

「あなたが、好きです」

情けないことに、言葉を吐いた唇が震えているのが分かる。

「ちゃんと、名前、呼んで」

小さくて甘美《かんび》な呪文《じゅもん》のような言葉が、僕の耳に大きく響く。

「大好きだよ、ミカって言って」

呪文をかけられた僕は、覚え立ての名前と、ずっと言いたかった言葉を口にする。

「大好きだよ、ミカ」

自分の声が、体の中、どこかのスイッチを押した気がした。

「大好きだよ、好きだよ、ミカ。ずっと好きだったんだ」

もう、止まらなくなった。感情のまま、言葉を吐き出すたびに自分の気持ちがどんどん高まっていく。

「ずっと、こうして、話してみたかった。……大好きだよ、ミ……」

僕が夢中で言葉を重ねる途中、何かに口をふさがれ遮られてしまう。

少しして、ソースさんの柔らかい唇が、僕の唇に重なっているのに気付く。

そういう経験が全くない僕は、随分前から妄想だけは重ねていた。現実は全然違って、唇を重ねているだけなのに、驚くほどとても気持ちいい。頭の先から足の先までびりびりと強く痺れて、頭の芯がじんじんして意識がぼんやりとしてくる。

何で出来ているか分からない柔らかい唇を、僕の唇から離したソースさんは、今度は僕の首筋に這わせてきつく吸った。その場所が、火傷《やけど》したときのように熱い。

そして、冷たくてしっとりした手がするりと下半身に伸びてくる。

「……ちょっ！　ちょっと待ってて っ!!」

僕はソースさんの手を握って止めた。

「……待ってっ！　……僕は、別に、こんなことがしたくて来たわけじゃないから!!」

ソースさんは、相変わらず無機質な目で上から僕を見下ろしている。

「……あ、あのっ、こういうの嬉《うれ》しいんですけど……、あなたは……僕のこと、好きじゃないでしょう？」

必死でそう言うと、ソースさんは固まった。

「だから、まだっ、……こんなことは、したくないんです」

自分でも何を言っているのか、かなり支離滅裂だと思うけれど、今の正直な気持ちが口から出てきたのだ。僕は体を起こし、ソースさんを自分の隣に座らせた。

そして、すべすべして冷たい手を自分の熱い手で握りながら、顔を覗きこんだ。

「……とりあえず、……ミカさんって、呼んでいいですか？」

そう言って、僕が顔を歪めると、彼女は大粒の涙をポロポロとこぼし始めた。

＊

大きな瞳からキラキラと透明な雫《しずく》が溢れて、頬に落ちていく。僕は息を飲んで、その様子に見とれてしまった。

「……ごめんなさい」

彼女のかすれた小さな声で、我に返る。

「や、あ、あの」

「……私……時々……こんな風になるの。……ごめんなさい……嫌な思いさせて」

とても悲しそうな顔をしたソースさんは、そう言いながら涙を流す。

「……やっ！　嫌な思いとかしてないから！　むしろ、嬉しかったんで！　……だから、あの、泣かないで……」

ソースさんは、驚いた顔で僕を見てくる。

「……嫌じゃなかったの？」

僕に、まっすぐ向けられている瞳は、さっきまでのモノとは全然違っていた。

「……はい。……あの、さっき、僕があなたに言った言葉は本当なんで、……だから、本当に、嬉しかったです」

彼女は僕から視線を外し、何かを考えているような表情を浮かべる。

少しして、顔を一瞬で真っ赤に染めた。

「……っ、あのっ……、そのっ……私、ちょっと厄介な病気で、起きているのに意識がなくなって、勝手に体が動いて、夢遊病みたいになるときがあるの」

下を向いて、ソースさんは小さな言葉を紡いでいく。

「……だから、今も、あなたにズボンを渡したくらいから記憶が曖昧《あいまい》で……自分の行動とか、言った言葉がよく分かってないの」

確かに、今の顔を真っ赤にし明らかに動揺している姿は、さっきまでと全然違う。

「ごめんなさい……。今日は助けてもらって、その上、迷惑かけちゃって……」

本当にすまなさそうに、ソースさんは僕を下から覗きこんだ。その顔は反則的にかわいくて、さっき、キスをしてもらったときくらい心臓が跳ねた。

「……全然、いいですから。……僕は、その、迷惑なんてどれだけかけてくれてもいいですから。だからっ……あのっ！」

「ん？」

彼女は、僕の顔を見つめながらかわいらしく首を傾げる。

頼むから、これ以上、僕が高まるツボを激しく突くのをやめてください。そう思いながら理性をギリギリのところで繋ぎ、大きく息を吸ってから、一気に言葉を吐いた。

「嫌でなかったら、これからも僕と会ってくれませんか⁉　てか、付き合ってください！」

大きな声で言い切った僕の顔を、ソースさんはキョトンとした顔をして見ている。

ああ、もうなんか無茶苦茶だな。告白はちゃんとしようと夢見ていたのに、こんな状況で勢いだけで口走るなんて、自分が信じられない。やってしまったという思いから、急激に全身の熱が冷めていき、少し冷静になった僕は下半身にパンツしか身に着けていないことを思い出してしまった。

慌てて床に伸びているジーパンを手にし、彼女に背を向け立ち上がったとき。

「……いいよ。こんな私でよければ」

そう小さな声が聞こえ、震える手でジーパンを穿いてから言葉を返す。

「……変なパンツで告白する、こんな僕で、いいんですか？」

僕は、自分の言葉に落ちこみ、うしろから小さく笑い声が上がる。

「ごめんなさい、……変じゃなくて、かわいいよ。それに、私のほうが、変だから」

ゆっくり振り返ると、彼女は両目を細めて座っていた。

「本当に、私なんかと……」

「付き合いたいです！　あなたの、そばに居たいですっ！」

僕はソースさんの正面に両膝をつき、大きな声で言ってしまった。彼女は両目を大きく開いたあと、ふふっと顔を緩める。この部屋に来てから、格好悪くて最悪なところばかり見せているけれど、こんな顔が見られるならどうでもいいやと思った。

「……あの、付き合うのは、すぐには無理だけど。……これから、また会ってみて、まずは友達からでもいいかな？」

「はい！」と返すとソースさんはほほ笑み、油断したら泣きそうなくらい、僕にしてみれば十分すぎる返事をもらえたと思った。

「私、まだ君のこと何も知らないから、少しずつ教えてもらっていいかな?」

「喜んで！　何から教えましょうか！」

僕は大きな声を上げ、彼女はくすくすと笑い始める。

「本当に……おもしろい人だね。とりあえず自己紹介しよっか、私は、後藤《ごとう》ミカです」

「あ、宇野正直と言います。ショウジキって書きます。この近所の美大生です」

「十八歳の、私より七歳年下の正直君。じゃあ、今日はこれぐらいで。ごめんね、すごく眠いから寝るね」

「えっ?」

そう言って、ソースさん……僕より七歳年上だった二十五歳の後藤ミカさんは、床にぱたりと寝転んで、すぐに静かな寝息を立て始めた。

あっけにとられ、ふと掛け時計に目をやると、いつの間にか午前二時を回っていた。痴漢に襲われて、走って逃げ、僕みたいな変な男を相手にすれば疲れるだろう。

電池が切れたような彼女を目の前にし、固くて冷たい床で寝ていては風邪を引いてしまうのではと思った。

散々迷ったあと、やっと僕は体を動かす。ばくばくと大きく鳴る心臓の音が聞こえてしまうのではと思いながら、彼女の体に両腕を伸ばす。なるべく静かに抱き上げ、隣の部屋のベッドにそっと寝かせた。

柔らかそうな布団の上で、ソースさんは固く瞼を閉じたままで、穏やかな表情を浮かべていた。それを見て、僕はやっと安心した。

目線を上げると、寝室の隅のタンスに置かれているモノと目が合った。

「……ほら、言った通りじゃん」

僕は、それを携帯のカメラに確かに収め、今日の自分の用事は全て済んだ気がした。ふっと体から力が抜けて、腕を頭の上で組んで背中を伸ばすとあくびがでた。

「……じゃあ、帰りますね……」

ソースさんの耳元に小声で言って、背中を向けて部屋を出ようとした。

「……行かないで、……そばにいて……」

小さな、消えそうな声が聞こえた。願望からの幻聴かと思ったけれど、両足は簡単に進行方向を変えて元来た道を戻っていく。音を立てないように、ベッドの横の床に座った。

彼女は僕の存在など気にせずに、ベッドの上で静かに寝息を立てている。

幻聴や寝言だったのかもしれない、でも、もう少しそばに居たい。本人の意思とは関係なく、自分の勝手な感情で、今、ここに居る。これじゃ本当にストーカーと言われても仕方ないだろう。

今の僕は、自分勝手で気持ち悪いなと思いながら、美しい寝顔を見つめ頬《ほお》を緩めた。

第二章　ウタカタの日々

「えええええ!!」

「ちょっ！　ヤス!!　声大きいって!!」

周りを見ると、コンビニの中に居たお客さんたちが、レジにいる僕達を一斉に冷ややかな目で睨《にら》んでいる。

「だってさぁ、そんな急展開ありかよー！」

バイトのあと、ソースさんを痴漢から偶然助けて、家に行き、告白をして友達にしてもらった。そう昨日の夜の出来事を話すと、ヤスはとても興奮した。

押し倒されたり、色々されたことは言わず、キスマークが見えないよう襟《えり》はきちんと立てている。

「ちくしょー、いいなぁ。そんなドラマみたいな恋愛。宇野君、よかったね！」

「……うん、ありがとう。……まだ、友達だけどね」

どんな顔をしていいか分からずに、照れながら笑う。

「謙遜《そん》すんなって！　デレデレな顔しやがってぇ！」

そう言って、ヤスは僕の肩をぐーで思い切り叩いた。

「……でもさ、起きてるときでも、夢遊病って起こるもんなのかな？」

僕は、結構痛かった肩をさすりながら、自分より物知りなヤスに聞いた。

彼女は起きていたけれど、なぜか記憶が飛んでしまい二度告白したと説明している。

「はぁ？　お前、それマジに信じてんの？　そんなの、演技に決まってるだろ？」

「へ？」

「宇野君に、二回告白させたかったんだろ。それに、女なんか魔物だぜ？」

ヤスはそう言ってドヤ顔を決める。レジが混んできたので、話はそこで一旦終わってしまった。

レジ作業をしながら、昨日の、あのときのミカさんを思い返してみる。ヤスの言う通りあの様子が演技だったんなら、彼女は女優になれると思う。

僕は、感情が全く読み取れない、どこまでも透明で綺麗な瞳を思い出す。

「おい、彼女、もうそろそろ来るんじゃねーの？」

ボンヤリしていると、ヤスに背中をつつかれ、壁の時計を見るともうすぐ午後八時になろうとしていた。

「なあ、なんでいつもソース買っていくのか、聞いてみてくれよな」

〝彼女〟という単語にドキドキしている僕の横で、ヤスはニヤニヤ笑っている。

「うん……あ！」

噂《うわさ》をすればなんとやらで、ミカさんがタイミングよく店に入ってきた。

姿を見た途端、昨日の色っぽい出来事を急に思い出してしまい、多分、顔が真っ赤になっているだろう僕を見て、ヤスはずっとニヤニヤしている。そんな僕の前に、ミカさんがいつも通り、ソースを片手にレジに近付いてきた。

すごく恥ずかしくて、彼女の顔がまともに見られない。目の前に置かれたソースに手を伸ばさず見つめ、ミカさんにかける言葉を探した。

「……あの」

「は、はい」

彼女に声をかけられ、僕の心臓が飛び跳ねる。

「……早く、これ、買いたいんですけど」

顔を上げると、目の前には無表情のミカさん……ではなく、ソースさんが居た。

「……あっ、はい」

ソースを手にし、レジ作業に急いで取りかかる。お釣りを渡してビニール袋に入れたソースを手渡すと、彼女はいつも通り伏し目がちなまま、僕の顔を見ることはなくコンビニを出ていった。

「……なぁ、昨日の話って、もしや、妄想？」

一部始終を見ていたヤスが、哀《あわ》れみの目を向けて僕に聞いてきた。

「多分、妄想じゃないと思うけど……なんか、自信なくなってきた……」

予想外の展開に、僕はかなり動揺していた。

「ま、まぁ、昨日の今日で、恥ずかしかったんじゃねーの？　あんま、深く考えんなよ！」

明らかに気を遣って、ヤスは優しい言葉をかけてくれる。

「……うん、そうだね。ありがとう」

それに応えるためだけに、無理やり口角を上げる。ヤスには悪いけれど、いくらなんでも分かっていた。さっきのミカさんの態度は、一昨日までのモノと同じだった。

僕を見る目は、明らかに知らない人間を見る目だった。

*

迷うことなくたどり着けた部屋の前で、少し迷ってからインターフォンを鳴らし、ここに来るまでに予想していた最悪の事態をなんとか頭から追い出そうとした。

「バイトお疲れ様。どうぞ上がって」

ドアが開くと、昨日の夜と同じ、ミカさんのほほ笑む顔があった。

「……お、お邪魔します」

その顔を見て、体からどっと力が抜ける。

「どうかした？　なんか、変な顔してるけど」

「な、なんでもないです。大丈夫です」

意味不明な返事をして、昨日の夜にも入ったミカさんの部屋に上がった。

「そこ座ってね。今日、学校しんどくなかった?」

ミカさんはそう言いながら、ソファに座った僕の目の前に、昨日と同じ麦茶の入ったコップを置いてくれる。

「私は、今日一日眠かったよ。でね……きゃあ!!」

同意も得ず、横に立っていたミカさんを、僕は引き寄せて抱きしめる。華奢な体をスッポリと自分の体で包んでから、少し落ち着き、今の状況にとても驚いた。

昨日から、僕は自分の感情のままに行動しすぎている。分かっているけれど、気持ちが溢れてしまって抑えることが出来ない。

「……あの、いきなりどうしたの?」

僕の腕の中で、ミカさんは顔を上げる。彼女は、びっくりしたような照れたような顔をしていて、僕の姿を映す瞳は数時間前に見たときとは全く違っていた。

「……よかった」

昨日から自分勝手な僕は、謝罪の言葉ではなく自分の気持ちを吐く。

「え?」

「昨日のこと、夢じゃなかったんだ……」

そう言いながら、大きく安堵《あんど》のため息を漏らす。

今日のバイトが終わるまで、僕はどうしようもないぐらい落ちこんでいた。昨日のミカさんとのことは全て夢か妄想だったのかもしれない。そんな考えが頭の中でどんどん黒く広がり、待ち受け画面の猫や首の痣《あざ》を見ても大した効力はなかった。

暗い気持ちのままバイトを終えてコンビニを出ようとしたとき、約束を守ってくれたミカさんから電話があった。

『こんな深夜に本当にすいませんが、少しだけ会ってくれませんか』とお願いをしたら、ミカさんは少し黙ったあとで、『いいよ』と答えてくれたのだ。

「よかった……また会えた」

ミカさんの顔を見つめて漏らすと、彼女は下を向き、ぼそりと言った。

「……正直君、離れて」

「……あっ、ご、ごめんなさい！」

僕から解放されたミカさんは、背中を向けて、ソファの端っこに座った。

「もう、正直君、嫌い」

ミカさんがポツリと言った。

僕は一瞬で天国から地獄にまた突き落とされる。背中を向けたまま声を発しなくなった彼女に、僕はおずおずと声をかける。

「……ご、ごめんなさい。僕、帰ったほうがいいですか？」

「ふっ……アハハハハ」

ミカさんが肩を震わせていきなり笑い始め、僕は固まってしまう。

「……やっぱり、おもしろいねぇ、正直君。犬みたい」

ひとしきり笑ったあと彼女はくるりと振り返り、僕を見て言った。

「へ?」っと、首を傾げるしかない。

「そーいうところ、小さいころ、飼ってたゴンにソックリ」

楽しそうにミカさんはそう言ったあと、いきなり真顔になってソファの上で正座する。

「ミ、ミカさん?」

「私、昨日、言ったよね? 友達から始めましょうって。今日、正直君が家に来たかった理由は、変なことしたかったからなの?」

ミカさんは、まっすぐに僕を見て言った。

「……ちっ、違う! 違いますっ! 電話もらって嬉しくて、声聞いたら、どうしても会いたくなって、それだけ、それだけの気持ちですからっ!」

背中にぶわりと汗が広がったのを感じながら、僕は一気に喋《しゃべ》る。

「いきなり抱き付いてしまったのは謝ります。でも、決して、変なことしようとかじゃなくて、勝手に体が動いてしまって」

「なんで?」

「それは……」

「なんで?　ちゃんと言って?」

目の前に居る彼女の潤んだ瞳に、今は僕がちゃんと映っている。

「今日……僕のバイト先のコンビニに来てくれたとき、……僕のことを知らない人みたいな目で見たから、昨日のことは全部が夢だったのかなとか思って。でも、そうじゃないのが分かって、嬉しくて……つい体が」

「……ちょっと、待って」

僕の話が終わる前に、ミカさんが口を開いた。

「はい?」

「私、今日、コンビニなんて行ってないよ?」

「え?」

「私、今日は仕事終わってから、まっすぐ家に帰ってきたよ?　それに、正直君てコンビニでバイトしてたの?」

そう言ったあと、彼女は首を傾げ、僕は口を開くことが出来なかった。

＊

僕たちは、目を合わせたまましばらく黙っていた。

「……本当に、今日は、コンビニに行ってないんですか？」

「嘘なんか、吐いてないよ。吐いてもなんの意味もないし」

先に口を開いた僕に、ミカさんは困ったような顔をして答える。

「僕は、今年の四月からここからすぐのコンビニで働いてて、毎日、夜の八時ごろ、ミカさんはそこで買い物してるでしょ？」

少し間《ま》を空けてから、彼女は答えた。

「私、駅前のコンビニ以外行ったことないし、正直君が働いてるコンビニには行ったことがないと思う」

なんだろう、これは。今、ふたりの言っていることは全く噛《か》み合っていない。

「正直君の言ってること、本当？」

僕が首を縦に振ると、ミカさんは下を向く。彼女になんて声をかけたらいいか分からず、僕たちはお互い黙って下を向き、静かな部屋に掛け時計の音だけが響いた。

「……私、……また、やっちゃったんだね……」

ミカさんがポツリと言った。

「え？　……また？」

僕が顔を上げると、彼女は下を向いたままだった。

「……私、病気なの」

消え入りそうな声で、ミカさんは言った。

「五年くらい前、事故にあったときに、頭を強く打っちゃって……病気になったの」

僕は黙って、ミカさんの話を聞く。

「外傷はほとんどなかったのに、頭のどこかの機能がおかしくなったらしくて、二年くらい入院してたんだけど、入院中のことと、事故のときの記憶がほとんどないの。なんとか日常生活が出来るようになって退院して、就職もして、普通に生活してたんだけど」

そこまで一気に喋ってから、ミカさんはやっと顔を上げる。

「いまだに、病気は完治してないの」

僕のためだろう笑顔に、喉の奥がぎゅうっと掴まれたようになり、息が苦しい。

「自分で自分の行動を抑えられないの。自分の意思とは関係なく無意識に体が動いていることがあって、その間の記憶がないの。幸い、そういうことが昼間は少ないから働くことは出来るんだけど、夜になると……気が付くと、全く知らない場所に居たなんてまだいいほうで、全然知らない人と会ってることもあった。最近は少なくなってたと思ってたんだけど……違ってたみたいだね……」

ミカさんは、そう言ったあと力なく笑った。

「通院もずっと続けてて、担当のお医者さんと協力して完治するようにがんばってるんだけど……。なんか、ごめんね」

「えっ？」

謝られた理由が分からなくて、間抜けな声を上げてしまう。

「こんな変な病気持ってる女だって、最初に言わなくて、ごめんね」

僕を見つめ、笑みを浮かべる彼女は続ける。

「引いちゃったでしょ？　こんな女、無理だって言っていいよ？」

こっちを向いてくれている、なのに、目を逸らしたくなり、

「……馬鹿《ばか》にしてるんですか？」

そう呟《つぶや》き、目の前の華奢で狭い肩を両手で掴んだ。

「……僕の気持ちを、馬鹿にしないでください!!」

僕の大きな声に、彼女が両目を大きく見開いたけれど、構わず続ける。

「この半年、あなたは知らないだろうけど。僕は、コンビニで毎日あなたを見ていて、それが、とても嬉しくて、幸せで」

喋りながら、感情が高まっていくのを感じた。

「……ずっと、綺麗な人だなとか、話してみたいなとか思ってて。この半年、ずっと……ミカさんに片想いしてて」

自分の言葉が恥ずかしくなった僕は、下を向いて言葉を続ける。

「だから、今みたいな状況は本当に奇跡みたいなことで、やっとこんな関係になれたのに、終わりになんか……したくないです！」

彼女の表情を見ないまま言い切った。

「……ありがとう」

少しして、ミカさんの小さな声が聞こえた。

「……ありがとう、そんな風に言ってくれて」

顔を上げると、目の前に、こぼれるような笑顔があった。

瞳を潤ませ、今まで見たことのない笑顔を僕に向けてくれる。そんな彼女は、僕が今まで見てきた女の人の中で一番かわいく綺麗に見えて、自分の腕の中にもう一度収めてしまいたい気持ちを必死で抑える。

「……僕は、そんな風に思ってるんで……」

両手をミカさんから離し、顔を背《そむ》ける。さっきまでの自分の言動と、目の前のキラキラした彼女を思うと、勝手に声が小さくなってしまった。

「正直君は、優しいね」

そう言って、ミカさんは自ら僕の胸に入ってきてくれた。

「……ありがとう」

またお礼を言った彼女を、強く抱きしめたかったけれど、抑えが効かなくなりそうだったので両手を宙に浮かせる。

「……ミカさん、これからも、よろしくお願いします」

理性をなんとか保ちながら言うと、彼女が首をもたげ、柔らかくほほ笑んでくれた。

＊

「宇野君!!　久しぶり！」

久しぶりに夕方のバイト先のコンビニに入ると、モップを振り回しながら、笑顔のヤスが近付いてきた。僕らに、周りにいるお客さんの冷ややかな目が向けられる。

「今日は、これからシフト入れてんの？」

「ううん。今日の朝の、忘れ物取りに来ただけ」

「宇野君、彼女出来た途端、冷たいー」

ヤスが唇をとがらし、女子みたいな口調で言う。

「ごめんね。また今度、ふたりでご飯でも食べに行こう」

テレビドラマで見たことのある、彼女を諭すような言葉を返す。

「絶対だぞ！　てか、うまくいってんの？　彼女とは？」

「え、うん、まぁ」

彼女という単語にまたしても無性に照れてしまい、眉毛《まゆ》をぽりぽりとかいた。

「……まあ、その顔で分かるよ。そのうち溶けてなくなっちゃうんじゃない？」

呆《あき》れた顔をしているヤスにそう言われて、僕は自分の顔に手を添える。

「そ、そんなにデレデレ？」

ヤスは無言で頷いて、「見てるこっちが恥ずかしくなるくらいに」と付け足し、顔が一気に赤くなったのが自分でも分かった。

「まぁ、よかったじゃん。幸せそうで」

「う、うん」

「あー、なんか、ムカつく！　その顔！」

そう言って、ヤスはまた唇をとがらせた。


ミカさんの身の上について聞いた次の日、僕は、バイトのシフトを今までの時間帯ではなく早朝から学校が始まる時間に変えてもらえないかと、訳《わけ》も話さず店長に頭を下げて頼んだ。

結果、急な話に文句も言わず、早朝の人手が足りなかったからちょうどよかったと、翌週からシフトを変更してくれた。三十代後半の店長はヤスにたぷたぷとお腹を揺らされ、からかわれる体型だけれど、中身は真面目で優しいイケメンだ。

バイトのシフトが変わってから、夜を怖がる彼女に僕はある提案をした。もしも夜に奇行を始めたら、一緒に居る自分がそれを止めたらどうかと。

最初は迷惑をかけるからと遠慮していたけれど、しつこく食い下がったせいか、ミカさんは僕の提案を受け入れてくれた。

彼女と少しでも一緒に居るために、僕はこれまでの生活を一変させた。学校が終わったらミカさんを駅まで迎えに行き、途中で夕飯の買い物をして彼女の家に帰り、ふたりで作ったご飯を食べたあと他愛《たあい》ない話をして終電間際まで家に居る。

平日は毎日そんな風に過ごし、学校がない土曜は朝から夕方までコンビニで働いて、日曜は完全に休みを取ることにした。日曜だけが休みのミカさんに、用事がないかを聞いて、会える約束が出来た休日を僕は大事に過ごした。

あまり人混みが好きじゃない彼女とは、休日といっても、繁華街に出たり遠出をしたりすることはなかった。近くの大きな公園で散歩したり、家でボンヤリしたり、傍《はた》から見たらつまらないだろう休日をふたりで過ごした。

緑が多い大きな公園を散歩していたとき、手を繋ぎたい気持ちを抑えつつ腕をぶらりと垂らして彼女の横に並び、僕の知らない花の名前を教えてもらった。彼女の家で、僕がマイナーな雑誌を読んでいたとき、横で真剣に眺める顔がかわいかった。

スマホの使い方が分からないと言われて、簡単な操作の仕方を教えてあげると、ありがとうと言いながら笑顔をくれて、少しでも役に立てたことがとても嬉しかった。

そんな、穏やかで静かな休日を一緒に過ごせることが本当に楽しい。


とても幸せな日々を過ごしていると十一月になり、街路樹の葉っぱは黄色く変わり空気がぴんと張り詰め始めていたけれど、彼女からは温かさを感じるようになった。

一度キスしたときから、あのときのミカさんになることはなく、僕から指一本触ることはない。触れ合ってはいないけれど、笑顔や言葉が増える彼女の隣に居ると、一緒に居るのは間違ってないと言われているようで、体の中からほかほかしてくる。

ミカさんがそばに居てくれるだけで、僕は温かくて柔らかい気持ちに満たされる。

そして、一緒に過ごすようになり、彼女が本当に病気を抱えているのだと分かった。

「重病人みたいだけど、大丈夫だから」

ミカさんは食事のあとで、何個ものカプセルと錠剤を飲むのを習慣にしていた。精神安定剤と睡眠薬だと説明した彼女に、僕はそれ以上を聞くことはしなかった。

最初に病気を告白してくれたときのことを思うと、軽々しくも、深くも、踏みこんではいけない気がしていたから。少しでも夜を一緒に過ごして、そばに居られないときはマメに連絡を取ることぐらいしか、僕から彼女にしてあげられることはなかった。

何か他に彼女の病気に対して出来ることがないかと、思い切って聞いたことがある。

「今してくれてることだけで十分だよ。ありがとう」

ミカさんはそう言って、ほほ笑んでくれた。

それから、僕は彼女の病気について触れることは一切しなくなった。

それは、彼女を思ってではなくて、自分のためだ。

＊

息を切らせて夕暮れの駅に着くと、改札口を出たところにすぐ宝物を見つけて、僕は呼吸をなるべく整えながら駆け寄った。

「……ミカさん、待たせましたか？」

「ううん、ちょうど着いたところ」

会社帰りのミカさんは、ベージュのトレンチコートを羽織って黒いパンプスを履き、黒い鞄を持つかっちりとした格好だ。

何度も待ち合わせをして一緒に帰っているから、何回も見ているはずの姿なのに、家に居るときと雰囲気が違うのでいつ見てもドキドキしてしまう。

「じゃあ、行きましょうか」

ほぼ毎日横に並んで歩いているのに、少しも慣れない僕は、歩幅に気を付けて足を動かした。

「今日は遅くなってすいません。学校を出るときに教授に呼び止められてしまって。教授に、初めて僕の作品を褒めてもらえたんですよ。まだまだ荒いけど見どころがあるって」

駅前のスーパーに向かいながら自分の話をしていると、反応がないので隣を見る。姿がなく、辺りを見回すと、彼女は少しうしろで立ち止まり一点をじっと見ていた。

慌てて隣に立ち、視線の先をたどると、アスファルトの上に小さい茶色の塊《かたまり》がある。

「あれ、何?」

指を差し、聞いてきた彼女の顔を見て、驚く。

何も感情が浮かんでいない、お客様だったとき、僕を押し倒したときのミカさんの顔だったからだ。口を開けない僕は示された場所へ向かい、くたりと茶色い毛の塊になってしまった雀を確認する。

「それ、何?」

鞄から実習で使うタオルを取り出し、くるもうとしたら聞こえた。

「それ、死んじゃったの?」

振り返ると、すぐうしろに彼女が立っていた。

声や表情からミカさんの今の気持ちを窺《うかが》うことは、出来ない。

「それ、どうするの？　持って帰るの？」

いつもの声色とは違う機械みたいな声で言い、彼女はひと呼吸置いてから続けた。

「持って帰ったら、生き返るかな？」

「……ミカさん？　……どうしたんですか？」

手からタオルが落ちたのにも構わず、僕はミカさんの肩を掴んだ。

「……ミカさん？　ミカさん、大丈夫ですか？」

反応しない彼女の肩を少し揺らすと、突然、地面にくしゃりと崩れた。

「……ミカさん！　大丈夫ですか!?」

しゃがんで彼女の顔を覗きこむと、額に大粒の汗を浮かべ真っ白な顔をしていた。

「……しーちゃ……正直君？」

「ミカさん？　どうしたんですか？」

「ごめん……ちょっと気分悪いから、先に帰ってもいい？　買い物、まかせていいかな？」

「買い物とかどうでもいいですから、とりあえず家に帰りましょう」

急いで彼女の細い腕を自分の肩に回し、黒い鞄を脇に抱え、軽くてすぐに消えてしまいそうな体をその場から移動させた。

「……ごめんね、迷惑かけちゃって」

ミカさんの家に着いてベッドに寝かせると、彼女はすまなさそうな顔で言った。

「そんなこと、どうでもいいんで。お水飲みます？　温かい飲み物のほうがいいですか？」

「ごめん、もう大丈夫だから。自分で」

そう言って真っ白い顔のまま上半身を起こそうとした姿を見て、僕のイラ立ちが限界に達した。

「……もうっ！　いい加減にしてください！」

ベッドにぼすんと体を戻されて、ミカさんは目を丸くしてこっちを見ている。

「具合が悪いんだから、大人しくしてください！　それと、謝るの禁止！　なんか、謝られると……」

具合が悪い人に大声を上げているのに気が付き、口を閉じる。

「……ありがとう」

すると、ミカさんが僕の代わりに口を開いた。

「心配してくれて、ありがとう」

僕に向けられている彼女の瞳は、透き通るように透明だけれど、さっきとは違って意思がきちんと感じられるものだ。こんなときでもミカさんは僕のことを気遣ってくれて、頼りないと思われているのかとイラついた、自分の幼稚さが恥ずかしくなって下を向いてしまう。

「お水、持ってきてもらってもいいかな？」

「……はい、喜んで」

「……何それ？　変なの」

くすりと小さく笑う声に顔を上げると、彼女の無邪気な笑顔が見えた。それが嬉しくて、ほっとした自分の顔がだらしなく緩んだのが分かった。

＊

年齢も精神的にも子供の僕からすれば、ミカさんはとてもちゃんとした大人の女の人だった。規則的に毎日を過ごし、部屋の掃除や整理整頓を怠《おこた》らず、外食をしない。その姿は、実家の母親よりちゃんとしているように見えて、潔癖症というよりはそうすることで安心しているみたいだった。

三階までエレベーターを使わないのは、以前ひとりで買い物をしていたときに、お店のエレベーターの中で症状が出たからだと笑いながら話してくれた。

抱えている病気を恐れていることを口には出さないけれど、そばにいると、隠し切れていないモノが見える。多分、僕が余計な心配をするから、見せないようにしているんだと思う。

彼女は、自分の抱えている重たいモノを誰かに押し付けたり頼ったりせず、自身の中で解決したいと考えているのが分かった。

七歳年上ということもあるだろうけれど、自分がその年齢になったときに、同じことが出来るとは思えない。自分のことをあと回しにして、相手の気持ちを先回りし、言葉や態度を選んで接するなんて、今まで考えたことも行動に移したこともなかった。

それが出来るのは、見た目からは想像が出来ないけれど、実は彼女がとても強いからだと思う。

そんなミカさんのために、もっと何か出来ることはないかと考え始めたのは、一緒に過ごすようになって一ヵ月が過ぎたころだった。

「ねえ、正直君は、あたしと居てつまらなくないの？」

ふたりで夕飯の支度をしていたときに、唐突にミカさんが聞いてきた。

「急に、どうしたんですか？」

出来立ての肉じゃがのおいしそうな匂いがキッチンに漂っている中で、僕はネギを刻み、その横でミカさんは味噌汁を作っている。

「……だって、私、正直君よりかなり年上だし、話とかおもしろくないし、流行にうといし。こんなので、一緒にいて楽しいのかなと思って。あ、お味噌汁の味、みてもらっていい？」

話の途中で、ミカさんはオタマを僕に渡した。味噌汁をひと口、オタマから直接味見をする。

「……あ」

「味、薄かった？」

ミカさんは、少し焦って僕の顔を覗きこんだ。

「大丈夫、おいしいです。こういうことなんだなと、思って」

そう言って少し笑いながら、味噌汁の鍋を指差した。そんな僕を、疑問符が付いた顔をしたミカさんが見ている。

「いや、僕の実家って、白味噌の味噌汁なんですよ。でも、ミカさんの作ってくれる味噌汁って、赤味噌じゃないですか」

ますます訳が分からないという顔をしたミカさんが首を傾げた。

「それって、本当はおいしくないってこと？」

「違いますよ。本当に、おいしいんですよ」

「……何が言いたいの？」

ミカさんは、珍しくちょっとだけ眉間に皺《しわ》を寄せる。

「ミカさんが作ってくれるんだったら、今までのこととか関係なしに、なんでもおいしいんですよ」

そう言ったところで、ご飯が炊けたことを知らせる電子音が台所に響いた。

「味覚さえ変わっちゃうくらい、その……僕はミカさんが好きなんです。だから、そばに居てくれるだけで、十分です」

精一杯の答えを返してから、オタマをミカさんに渡した。すると、彼女の顔がみるみるうちに真っ赤になっていく。

「……正直君。今の台詞は反則です」

僕に背を向けて、ミカさんはぽそりと呟いた。

「すいません。でも、本当のことなんで」

そう言いながら、目の前の小さな背中を抱きしめたい衝動を必死で抑える。

大人で、先回りをして、気遣いばかりしてくれる彼女は、このころ、違う一面を出してくれるようになっていた。こっちまで恥ずかしくなってしまうほど、ミカさんはすごく照れ屋だ。

そして、見た目は落ち着いていて綺麗なお姉さんだけれど、かなり天然なことにも気が付いた。たまに何もないところでつまずくし、言い間違いも多くて、僕の話を知ったかぶりをして聞いているときに突っこんで質問をすると、とてもおもしろい回答が聞けた。ゆっくりと丁寧に話す言葉や、大学のがさつな女子達のような仕草をしないところを見ると、多分お嬢様育ちなんだろうと思う。

緑や花が好き。猫が大好きで、本当は飼いたいけれど、猫雑誌を見ることで我慢している。知り合いに紹介してもらった内科の受付の仕事をしていて、パソコンが苦手。綺麗な顔やかわいい顔、くしゃりと抱きしめたくなるような色っぽく見えてしまう仕草。新しく彼女のことを知るたびに、それがどんなに小さなことであっても大事に頭の中にしまっていく。そんなことが出来る毎日が、僕は本当に幸せだった。

「ごちそうさまでした」

今日も一緒においしい夕飯を食べ終えて、空になった皿を重ね始める。

「ねえ」

「はい？」

「明日も、朝からバイトなんだよね？」

「はい」

僕は皿を持って立ち上がり、キッチンに向かおうとした。

「泊まっていけば？」

背中から聞こえてきた言葉を受けて、僕はその場でかちんと固まってしまう。

えっと……今、確かに、泊まっていけばって言ってくれたよな？

聞き間違いではないことを、自分の中で何度も確認してから言葉を発する。

「……いっ、いいんですか？」

振り返り、ミカさんを見た。

「いつも早起きしてバイト行ってるんだよね。ここからなら近いし、いつもより少しは長く寝てられるでしょ？」

早朝バイトに行くために、僕はここのところ毎日五時に起きている。無理していたのは事実だけれど、それでも、僕はミカさんと少しでも一緒に居たかった。

「……いいんですか？」

「よくなかったら、言わないよ？」

ミカさんはそう言って笑った。

ここ一ヵ月、ほとんど毎日会っていたけれど、彼女の家に泊まったことはあの日以来なかった。自分から提案することも、ミカさんから声をかけられることもなかった。

僕から言い出さなかったのは、自信がなかったからだ。ミカさんと一緒に居るようになってから、僕は一切彼女に触れていない。信用されたかったというのもあるけれど、部屋の中にふたりきりで居て、少しでも触れてしまったら抑えが効かなくなるのが自分で分かっていた。

「……お先に、お風呂ありがとうございました」

「あ、タオル、あとで洗濯機に入れといてね」

「はい……」

先にお風呂に入った僕は、タオルで頭を拭きながらリビングに戻ってきた。

「ふふっ、そうしてると、ますますゴンにそっくり」

彼女は僕を眺めて笑い、その表情はいつも通り無邪気でかわいくて、自分の今の心境など何も分かっていないように見える。

「私も入ってくるね」

ミカさんが出ていき、僕は床に大の字に転がって深呼吸をくり返す。

「……どーしよ」

天井を見つめていると、自分の心臓がどんどんと高鳴っているのが分かった。

この一ヵ月、本当によく我慢出来たなと思う。何度、すぐ隣に居る大好きな人に触りたいのを我慢したか分からない。

初めてのキスの感触は、いまだに思い出しただけで腰が砕けそうになる。もう一度、いや、一度と言わず何度でも、あのときみたいに彼女の唇を味わいたかったし……それ以上のこともしたかったというのが本音だ。心の繋がりも大事だと思うけれど、本当に好きだから体も求めたくなる。

でも、僕は彼女に少しでも嫌われたくなくて、お預けをされた犬みたいに触れなかった。なのに、今日は彼女から泊まることを許されてしまった。

「これって、ヨシってことなのかな……」

「何がヨシなの？」

気が付くと、初めて見るパジャマ姿の彼女が、濡れた髪のまま上から僕を見ていた。

「な、なんでもないです！」

僕は慌てて起き上がり、その場に座る。

「そうなの？　私、髪の毛乾かしてくるから、先にベッド入っててていいよ」

「あ、はい」

ミカさんは、そう言ってリビングから再び出ていく。

……って！　一緒に寝るの⁉

ああ、だってベッドひとつしかないもんねと、納得出来るわけもなく、さっきからあらぬ想像ばかりしていた僕の頭の中は爆発しそうになる。初めて彼女を抱き上げたときなんかとは比べものにならない覚悟を決めて、僕は隣の部屋へと向かった。

「あれ？　先に寝ててよかったのに」

あとから寝室に入ってきたミカさんは、なんでもないことみたいに言う。

僕はベッドの端に、きちんと座っていた。

「……あ、あのっ！　ミカさんっ！　お話がありますっ！」

ミカさんは首を傾げながら、無駄に大きな声を上げ固まっている僕のそばに座る。

「……あっ、あのっ！　もう少し離れてくださいっ！」

彼女のシャンプーのいい香りが、僕の理性の糸を簡単に切ろうとする。

「はい、これでいい？」

ミカさんは腰を上げて、少し離れて座ってくれた。

「あのっ！」

「ん？」

彼女はいつものようにかわいらしく首を傾げ、僕は顔を背けて言った。

「……あのっ！　一緒に寝たら色々ヤバイんで、僕、ソファで寝ますからっ！」

少しして、ミカさんが小さく問う。

「何が、ヤバイの？」

顔を上げると、ミカさんの顔がすぐ近くにあった。どれだけ見続けても飽きることなんかない、いつも印象が違う綺麗な顔。

「こういうこと、したくなるから？」

そう言ったあと、彼女は、僕のかさついた唇に湿った唇をふわりと重ねる。

「大丈夫だよ。……私、今、正気だから」

頭が真っ白になった僕の顔を覗きこんで言い、長いまつ毛を伏せる。今、目の前にいるミカさんは、あのときの彼女とは全く違っていた。

「……私、……正直君のこと、好きよ」

まっすぐに僕の目を見ながら、彼女は続ける。

「だから、大丈夫だから。……私……正直君を、感じたいの……」

そう言葉を紡いだミカさんの震える瞳には、僕がちゃんと映っている。

理性の糸がぶつりと切れた。

その夜は、今まで抑えていたものを全て吐き出すように、何度も何度も彼女の名前を呼びながら、ミカさんの全てに触れた。

第三章　ヒカリの陰

咲き誇る色とりどりの花々、力いっぱい枝を伸ばして青い緑の葉を付けた木々たち。目の前に広がる庭には柔らかな暖かい光が降り注いで、そこにあるモノは全てキラキラと輝いて見える。

鮮やかな色に溢れた庭の中に、突然ひとつの黒い陰が出来た。その陰は細く伸びていき、やがて人の形をとった。

その形を僕は知っていた。

名前を呼んだけれど、陰はなんの反応も示さずに僕に背を向けたままだ。光が溢れる庭で陰はどんどん黒さを増していき、やがて一本の線となる。その線はみるみるうちに細くなり、ついには跡形もなく消えてしまった。

夢から覚めた僕は、瞼を開けた。

夜と朝の合間と分かる薄暗い景色に、ここが自分の部屋ではないことと、自分の腕の中に温かくて柔らかいものがあることに気付く。視線を向けると、固く瞳を閉じて、静かな寝息を立てているミカさんが居た。

起こさないようにそっと抱きしめてみると、華奢で薄い体は柔らかくしっとりして自分の体とは全然違う。今、僕らは裸のまま隙間なくぴったりと重なっていて、このままふたりを隔てる境界線がなくなり、ひとつになれればいいと思った。

そんな幸せなこと、有り得るはずもないけれど。

ミカさんと初めてひと晩を過ごしてからは、毎日彼女の家に泊まるようになる。それは、彼女の嬉しい提案があったからだ。

『ここからなら近いし、いつもより少しは長く寝てられるでしょ？　それに……』

そのとき、彼女が顔を真っ赤にして小さく言ってくれた言葉は、自分の気持ちとぴったりと重なった。バイト先も近いし、今までより眠れるし、何よりも、ミカさんと一緒に居られる時間が増えることを僕が拒否なんかする訳がない。

そうして彼女の家に連日泊まるようになったものの、一度体を合わせてから、二度目の行為に及ぶまでには少し時間がかかった。最初の行為をする前までは、一緒に居るときは緩んだ態度を取っていたミカさんが、そのあと僕に対する態度が明らかに固いモノに変わってしまい、ひとつのベッドで一緒に寝るときも体をこわばらせているのが分かる。

そんな日が続けばミカさんの病気にも関わってくるんじゃないかと、心配になった僕は話を切り出した。

「……あの、そういうことがしたくないと言えば、……嘘になりますけど。……無理やりというか、ミカさんがしたくないなら、僕はしなくて大丈夫ですから」

夕食を食べたあとそう言って、今日は自分の家に帰ったほうがいいですかと聞いた。

一線を越えた日からひとつのソファに一緒に座ってくれず、テーブルを挟んで床に座る彼女は、顔を下に向けたままなんの返事もくれない。

「……すいません。今日は、とりあえず帰りますね」

いたたまれなくなり、そう言って彼女に背を向けた。

ミカさんを責めるような状況を作ってしまった自分は、最悪で、一緒に居ないほうがいいと思った。だから、部屋を出ようとして、腕に細い腕が絡み付いたのに驚いた。

僕の片腕を両腕でしっかりと抱いているミカさんに、口を開いたとき、

「……正直君。嫌い」

先に、顔を下に向けている彼女が言った。

……え？　僕、嫌われた？

そう思った途端、頭がガンガンしてくる。

……やっぱり、僕みたいな、そういうことに不慣れな男じゃダメだった？

そう思い、全身の血がさーっと下に落ちていく音が聞こえ、それに重なり小さな声が聞こえた。

「……ああいうことを話すのって、すごく恥ずかしいの知ってる？」

そう言ったミカさんは、赤く染まった顔を見せてくれた。

「その、私から誘ったくせに、何言ってんのって思われるかもだけど……」

言葉を途中で止めて、下を向いた彼女の表情は分からなかったけれど、さらさらした髪の毛から覗く耳たぶは桃色に染まっている。

「その……この間、そういうことしたあと、ひとりになったときに……〝怖い〟って思ったの」

ひゅっと背中が冷たくなり、僕は彼女の言葉の続きを待つ。

「……正直君のことは、本当に、好きよ。だから、一緒に居たいし、触れてほしいと思ったの。……でも……」

重たそうな口で僕のために言葉を紡いでくれ、ミカさんは途中で止めた。自分の腕に回された細い両腕がかすかに震えているのを感じて、空いている腕を伸ばそうとしたとき彼女が口を開いた。

「……自分のどこかから、……正直君に触れられるのが怖いって、そんな感情が出てくる……。……自分の気持ちが、思うようにならないっ！」

初めて聞く、ミカさんの吐き捨てるような乱暴な声。言葉を吐いたあと、彼女は僕の胸の中に収まった。

「……これも、病気のせいなのかな。……ごめんなさい。……私、……正直君じゃなくて、自分が嫌い」

初めて聞いた彼女の弱音だった。

久しぶりに抱くミカさんの体は、とても小さく感じる。自分の幼稚で馬鹿な考えなど及ばないところで悩んでいた彼女に、ちゃんと自分の気持ちを伝えた。

「……ミカさんが嫌いでも、僕は、ミカさんがすごく好きです」

甘い匂いを強く感じながらそう言うと、ミカさんはしばらくしてから、「ありがとう」と小さく言った。


拒まれていた理由が分かって、少しおかしいかもしれないけれど、僕は嬉しかった。ミカさんが、ちゃんと本音を話してくれて、弱い姿を見せてくれたからだ。それは、僕達にとっては体を繋ぐことより難しいことだったと思うから。

ちゃんと想いを伝えてくれたミカさんは、それからは僕に対して変に固い態度を取ることはなくなる。そういうことを我慢するのに慣れていた僕は、同じベッドに一緒に寝ても、何もすることはなかった。


そうして、ミカさんと付き合って二週間が過ぎたころだった。

その日も、ふたりで「おやすみ」と言ってから電気を消し、彼女に背を向けてベッドの端に体を丸めて寝ていた。うつらうつらと意識がなくなっていくとき、突然、小さな声が聞こえてくる。

「……正直君、もう、寝た？」

「……いえ、……もう少しでした」

途切れかけた意識を取り戻して、ミカさんに答えた。

「そっか、眠い？」

「いえ、大丈夫です」

「……キス、してもいい？」

その言葉で僕の目は一気に覚めてしまい、どんと心臓が大きく鳴った。

「……えっ、と、……はい」

隣から布が擦れる音がして、僕はミカさんのほうに自分の体を向ける。目を閉じて、彼女の顔が近付いてくるのを感じて、慌てて目を開けた。

「……あのっ、ミカさん！　そのっ、僕に気を遣って、こういうこと……」

ミカさんが唇で言葉を遮ったあと、くすっと笑った。

「違うよ。もう、大丈夫な気がするの。……正直君は、嫌かな？」

月光に照らされた彼女が、そう僕に尋ねてくる。言葉を返す代わりに、自分の唇をミカさんの唇に軽く合わせ、ぎゅうっと抱きしめる。

「……あの、少しでも、怖かったり嫌だと思ったら、すぐに言ってくれますか？」

「……うん、ありがとう」

ミカさんはまた僕にキスをしてくれ、もう、理性など保てるはずもなかった。

「……すいません、もう、我慢出来ません」

宣言通りに、僕は強い衝動にかられたままに彼女に触れる。

初めてのときは余裕なんかなくて、ミカさんの様子を探ることは出来なかった。でも今は、彼女の反応や表情を少しでも見逃さないように、出来るだけ優しく触れるようにする。

「そんなに見られると、恥ずかしいよ……」

いつもと違う、かすれた、恥ずかしそうな声が嬉しいと思う自分は変なんだろう。

「……大丈夫？　……怖くない？」

「……怖くない、……嬉しいよ……」

僕たちは言葉をくり返し、一緒に熱を上げていく。

「……ミカさん、……大丈夫？」

「……正直君、……もっと、……名前呼んで」

僕は彼女の名前をたくさん呼び、体も、心も、溶けてしまいそうな気持ちよさに溺《おぼ》れた。

「……本当に、大丈夫でしたか?」

「……大丈夫」

行為が終わったあと、彼女を掛け布団に包み両腕の中に抱く。

「……あの、明日、ひとりになって、また怖くなったら言ってください。こういうことしたくないいなら、僕はそれでもいいから」

「一緒に居たいんです」と言葉を続けようとしたとき、彼女は、今日、何十回目かのキスをくれる。

「……正直君、ありがとう」

そう言って、ミカさんは僕の顔を見て笑ってくれる。なぜか、喉の奥がぎゅうっと掴まれ、泣きそうになった僕は彼女を強く抱きしめた。

翌日、彼女は、ひとりになったときも大丈夫だったよ、と報告してくれた。そのときのミカさんの赤くて恥ずかしそうな顔は、勘違いかもしれないけど、嬉しそうに見えた。それから僕達は、体を重ねることを自然に出来るようになる。

声すらかけられない、絶望的な片想いの相手だった彼女と、こんな関係になれるなんて夢のようだった。

僕は彼女のことがとても好きで、彼女も僕のことを好きだと言ってくれる。こんなに満たされ、幸せを感じたことは、生まれて初めてだった。

本当に僕は幸せで、彼女もそうだと思いこんでいた。

＊

僕は学生課の部屋を出てから、大きなため息をひとつ吐いた。

「……どーしよ」

「どーした、宇野ちん？」

廊下に出てすぐ、いつも個性的な格好をしている同じ科の今邑《いまむら》が声をかけてきた。

「珍しく暗い顔しちゃって、彼女とうまくいってねーの？　やっぱり童っ……」

言葉が終わる前に、ミゾオチを拳で軽く突くと、今邑は大げさに押さえて唸《うな》った。

「……ひどーい!!　本気で心配してあげたのに」

「心配してもらわなくても、彼女とはうまくいってるから」

ミカさんと付き合い出して一ヵ月ほど経っていたけれど、嫌なこともケンカもなく、穏やかで幸せな日が続いている。

「じゃあ、なんでため息吐いてんの？」

「……来年の、春のコンクールに、作品を出してみないかって言われた」

「……失礼しました」

「ええ!!　マジで!?　すげーじゃん！」

教授や偉い人からコンクールに出してみないかと言われるということは、入選する見こみがあると、才能が少しでもあると認められたようなものだ。

「てかさ、来年の春ってことは、もしかして間宮《まみや》展？」

「……うん」

「すげー!!」

「……まだ、出せるって、決まった訳じゃないから」

間宮展というコンクールは、年に一回行われる全国規模の大きなもので、うちの学校ではレベルに達していないと出品許可を出してもらえない。年によっては誰も出せないこともあるのだ。

「間宮賞とれたらなんか奢《おご》ってね。さすが、絵画バカの宇野ちんだー!!」

自分の創った作品を評価され認められたいって気持ちは、何かを創っている者なら誰でも持っていると思う。もちろん僕も。

だから、教授の勧めで大きなコンクールに挑戦出来るなんて、ものすごく名誉なことだ。少し前だったら、嬉しくて飛び跳ねていただろう。

「でも、なんでそんな暗い顔してんの？　すっげーいい話なのにさ」

「……ちょっとね」

理由を言えないことを誤魔化すように、僕は下を向く。

「ふーん。ま、がんばれよ！　なんたって宇野ちんは、ウチのクラスの期待の星なんだから！」

個性的な格好をしているけれど優しい今邑は、僕の背中を思い切り叩き、無邪気な笑顔で去っていった。

ひとり残された僕は大きな息をもう一回吐いてから、よたよたと歩き始める。


「すごいっ。じゃあ、正直君は教授のお墨付きで、そのコンクールに作品出すんだね」

グツグツと湯気が上がる鍋の向こうで、珍しくとても興奮しているミカさんが笑顔で言った。

もう十一月も真ん中を過ぎて、外で息を吐くと白くなる。僕の希望で、今日の夕飯は無性《むしょう》に食べたくなったキムチ鍋だ。

「レベルに達するモノが描けないと出品させてくれないんで、まだ決まって……」

「出せるに決まってるよっ！　すごいねぇ、よかったねっ！」

具をよそったお椀を僕に渡しながら、彼女はにこにこしながらはしゃぐ。年上だけれど、ミカさんのこういう子供みたいなところがたまらなくかわいい。

見るからに食欲をそそる真っ赤なスープをひと口飲んで、僕は言った。

「でも、今回は辞退しようかなと思って」

ミカさんの動きが、ぴたりと止まる。

「なんで？」

「作品を出せたとしても、今の自分の実力なら結果は見えてるんで。ひどい評価を受けるくらいなら、やめたほうがいいかなって」

これも本心だった。でも、別の理由が本当はあった。それを言ってしまうと、目の前の彼女の顔が呆れたモノに変わるだろう。

「……そんな……」

明らかに落胆した顔をして、ミカさんは箸《はし》を置いた。

「……えぇっ？　なんで、いきなりミカさんが落ちこむんですか？」

予想外のリアクションに焦って、彼女の顔を覗きこみながら声をかけた。

「……だって、正直君がそんなこと言うと思わなかったから」

「え？」

「正直君は、いつでも一生懸命でがんばってて、そんなこと言うと思わなかった……」

そのミカさんの言葉を聞いて、僕はさらに焦る。

「……いやっ、あのっ！」

「そうだよね、正直君も若い男の子なんだから、弱気になることくらいあるよね」

違う方向に自己完結してしまったミカさんは、明らかに、僕のための笑顔を作る。

「……違うんですっ！」

突然、大きな声を出した僕に、彼女は目を丸くした。

「……その、コンクールの話。本当はすごく嬉しくて。やりたいんだけど……でも……」

「……でも？」

「その……作品を創るのに、多分、生活全てを注ぎこまなきゃならなくて、そしたら、……ミカさんと一緒に居る時間がなくなってしまうから」

格好悪い本当の理由を、僕はミカさんに正直に白状した。今は、他のどんなことよりも彼女と居られることのほうが大事で、何よりも一番に優先させたいことなのだ。

「今は、作品とか賞とかより、……ミカさんとの時間のほうが大切なんです」

そう言い終えると、僕の頭にミカさんのチョップが刺さった。

「……馬鹿っ！」

食卓の向かい側にいるミカさんは、顔を赤くして僕を睨んでいる。

「……すいません」

ミカさんに怒られても呆れられても仕方がない、そんなことを思う僕は馬鹿で女々しい奴だと、自分が一番思うからだ。

「……別に、一生会えなくなる訳じゃないし、その作品が出来るまでの我慢でしょ？　それぐらいなら我慢出来るよ、私、大人なんだから！」

　そう言ってからほっぺたを膨らまして、ミカさんは横を向いた。

「あ、あのっ」

「ちょっと会えなくなるぐらいで、私が愛想尽かすと思ったの？」

「ちっ、違います」

「それぐらいで私の気持ちは変わらないし、そこまで子供じゃないから」

　そんなことを言ってくれるなんて予想外だったけれど、ものすごく嬉しかった。

　そして、今、目の前にいる大人だけど子供みたいなミカさんは、すぐにキスしたいくらいにかわいい。にやけて溶けてしまいそうな、気持ちの悪い自分の顔をなんとか真面目なものに変えてから、僕は言った。

「……あの、会えなくなる間、浮気しないって約束してください」

「何、それ？」

　キョトンとした顔で、ミカさんは僕を見てくる。

「僕より格好いい大人でお金持ちの男に声かけられても、ついていったりしないでくださいね。ミカさん綺麗だからすごく心配です」

　僕は真剣に言ったつもりだったけれど、ミカさんは噴き出した。ひとしきり笑ったあと両目を細めた彼女が、僕の顔を覗きこんで言った。

「約束するけど、その代わり、無理しすぎないようにがんばってね」

「はい」と返すと、ミカさんはにーっと目をなくす。

「私、応援するからね。さ、お鍋煮えすぎちゃうよ、食べよ」

そう言ってミカさんはお箸を握って自分のお椀に手を伸ばし、僕も箸を握る。

ずっと憧れていた彼女と、こんな風に本音が言い合えるようになったことが嬉しくて、僕は食べている間ずっとにやにやしていた。「そんなにおいしいの」と聞かれて、恥ずかしかったので本音は言えずに、「はい」とだけ答える。

くったりと煮えた辛《から》い鍋は本当においしくて、ふたりで一緒に他愛のない話ばかりしながら雑炊まで全部たいらげた。

こんなに幸せな時間を少しの間でも我慢するのは正直ツライけれど、応援するねと言ってくれた彼女のためにもがんばろうと思う。

「正直君、いつから忙しくなるの？」

ふたりでキッチンに立ち、洗い物をしていると聞かれた。

「来週から、推薦してくれる教授の元での個人指導が始まるみたいです」

「そっか、……あのね、今週の土曜日の映画の予定、変更してもいい？」

今週は彼女が珍しく土曜も休みなので、僕もスケジュールを合わせて土日連続で会うことにしていた。そして土曜日は、初めて街中でデートをする約束をしていたのだ。

「分かりました」と、多分、落胆しているのが分かるだろう声を返すと、ミカさんが言った。

「正直君、私の主治医と会ってほしいの」

*

「……あのっ、やっぱり、スーツで来たほうがよかったんじゃ……」

ミカさんの家からタクシーに乗り、着いた場所を目の前に僕は言った。白くて四角い大きくて立派な建物は、羽鳥《はとり》総合病院だと彼女が運転手さんに言っていた。

「正直君、スーツなんか持ってるの？」

今日は紺《こん》色の膝丈ワンピースにトレンチコートを羽織っている、いつもきちんとした格好のミカさんが、ガラスの自動扉の中へと入っていく。

「……入学式のとき、着たやつですけど」

今、着ているのは、待ち合わせの時間ぎりぎりまで悩んで、持っている中で一番綺麗な服だ。

今日は、今から、彼女の主治医と会うのだ。

土曜日、正午前の院内は、一般外来が休みのためか人がまばらだった。ずらりと椅子が並んだロビーを抜け、彼女のあとをついていく。

「四階なんだけど、階段でいい？」

「はい」と答え、ふたり並んで階段を上がる。

「……ミカさん、主治医さんは、どんな人なんですか？」

「話したことなかったかな」

「はい」と聞いたことのなかった僕は答える。

「実家に居たとき、お隣に住んでた、幼馴染みなの」

彼女は、ゆっくり話してくれる。

「私の、四歳年上で、羽鳥正二《しょうじ》さんって言うの」

じゃあ、二十九歳の男の人がミカさんを診《み》ているのかと思い、名字に気付いた。

「……ミカさん、ここ、羽鳥総合病院っていうんですよね？」

「うん、正二君のお父さんが、ここを経営してるの」

さらりと彼女が答え、四階に着いた。「こっち」と進む背中を追いかけ、僕は心の準備が出来ないまま扉の前に着いた。ミカさんが、「正二君」とノックをすると、「どうぞ」と低い声が聞こえた。

「こんにちは、宇野正直君」

彼女が扉を開けると中は診察室で、椅子に座っている男の人が言った。

「今日はデートの予定だったのに、来てもらって悪かったね」

そう言って、男の人……羽鳥正二さんが立ち上がって、こちらに向かってきた。

すらっとした長身で頭のよさそうな整った顔をしている、白衣を着たその人は、昔見ていたドラマの医師役の主人公によく似ていた。男の僕から見ても格好よく、テレビから抜け出てきたような人だと思った。

「僕の顔に、見覚えがあるかな？」

そう言い白い歯を見せた彼に、俳優の名前を言いそうになった。

「ミカ、飲み物を買ってきてくれるかな」

そう言われ、ミカさんは部屋を出ていってしまう。部屋にふたり残されてしまい、どうしたらと思う。

「どうぞ、固いけど座って」

羽鳥正二さんは椅子に座りなおし、目の前にある丸椅子を勧めてくれ、僕は正面に腰を下ろす。じっと整った顔に見つめられ、僕は固まってしまう。

「ああ、ごめんね、職業柄人の顔を見てしまうんだ」

「……羽鳥さんは、ミカさんの主治医なんですよね」

「さっきは、つい呼び捨てにしてしまったけれど、いつもは後藤さんって呼んでるよ」

驚き、口を閉じる。そしておずおずと疑問を言葉にした。

「……どうして、僕に、会いたかったんですか？」

彼女から、主治医が僕に一度会いたいと言ってることを聞き、今日はここに来た。

「宇野正直君、君は、彼女から、彼女の抱える病気のことをどんな風に聞いてる？」

向かいの羽鳥正二さんは長い脚を組み、僕は思い出しながら答える。

「……五年前に、……事故で、頭を打ってから、……病気になったと」

「どんな病気か、聞いてるのかな？」

彼の低い声は大きくないのにとても耳に響き、僕は少ししてから言葉を返した。

「……彼女の病気は、治ってきたんじゃないんですか？」

「それは、宇野正直君、君と付き合ったからって言いたいのかな？」

質問で返され、かあっと顔が熱くなる。

「確かに、君と出会ってから、彼女は落ち着いているよ」

下げかけた顔を向けると、にっこりと笑った顔があった。

「君に、お礼を言うために会いたかったんだ。ありがとう」

羽鳥正二さんが頭を下げ、僕は驚く。

「事故の後遺症は彼女が死ぬまで抱えていくもので、残念ながら、完治はないんだ」

僕は、彼の言葉で温度が下がり、向かいで上がった真面目な顔が続ける。

「今の彼女は、とても状態が落ち着いてる。君が支えてくれているからだよ」

「そんな」と言った僕に、彼はまた頭を下げる。

「出来るなら、今の関係を続けてやってほしい、主治医として幼馴染みとして頼むよ」

真剣な声と同じ真剣な顔が見えて、僕は「はい」と返す。「ありがとう」と、羽鳥正二さんがとても整った笑顔で言った。

「宇野正直君、彼女の診察があるから、今日はもう帰ってもらっていいかな」

そう言われ、僕は診察室を出て、やっと大きな息を吐いた。

その日、家に帰ってから彼女にメールをすると、『具合が悪いので、明日は会えそうにないの。ごめんね』と返ってきたので、明日の日曜日と合わせて、月曜日から始まる個人指導に向けた準備をした。


コンクールに出品を決めてから、覚悟はしていたけれど、僕の生活は制作中心に変わっていった。

授業が終わったあと、推薦してくれた教授の元で個人的に指導をしてもらいながら作品を制作することになり、授業だけでは足りない技法を教わりながら、与えられた課題に批評をもらう。厳しい意見にはいちいちへこんでしまうけれど、こんな風に指導してもらえるのはめったにないことで、教えてもらえることを少しでも吸収出来るよう必死になった。

頭をぱんぱんにして学校から出るのは毎日夜の十時を軽く過ぎるようになり、そのあと自分の家に帰ってからも授業の課題をまず済まし、すぐにコンクールに向けた作品を制作する。

平日は毎朝五時に起きて、自分の家からバイト先に向かい、学校へ行き、自分の家に帰るという、バイトと学校と制作の繰り返しが僕の生活になってしまった。

教授は僕の作品を高く評価し、熱心に指導してくれる。田舎から出てきて、大した経歴もコネもない僕を評価してくれたことがとても嬉しかった。

最初は期待に添えるようにがんばろうと思った。でも、すぐにその期待がどんどんプレッシャーになっていく。

今までは、周りの目や評価を気にせずに自由に絵を描くことが出来たけれど、コンクールに出す作品はそうはいかなくて、審査員から高く評価してもらえる絵を描かなければいけなかった。

教授や周りの人達はそのために協力してくれる。しかし、自分との考えの違いがどんどん広がっていくのを感じた。

田舎では学べなかったことや出来なかったことを都会の大学に入ってやっと出来るようになって、少し前の僕は、同級生達に絵画バカと言われていた。周りに呆れられるくらい、絵を描くことも学ぶことも本当に楽しくて大好きだった。

けれど、今は求められることに応えることを課せられ、それはとても窮屈《きゅうくつ》で、自分の意志などどこにも反映されることはなかった。

僕はあれだけ好きだった絵を描くことが、少しずつ嫌になっていく。自分のやりたいことやしたいことだけではダメで、賞をとれるような作品を描かなければいけないと頭では分かっていた。でも、気持ちがどうしてもついてこない。

そんな気持ちでキャンバスに向かっても、当然いいモノが描けるはずもなかった。下絵が終わり着色までたどり着けても教授に怒られる毎日に、僕の気持ちはどんどん沈んでいき、未完のキャンバスを増やし続け、新しいキャンバスに向かうのすら怖くなってしまった。

期限が迫っているのに下絵すら仕上げられない状態になり、僕は完全なスランプに陥ってしまった。それでも、一度決めたことを今さら取り消すことは出来なくて、僕は土日も大学に行き作品に無理やり取り組んだ。

こうして僕は、平日も、日曜日でさえも、ミカさんの家に行くことがなくなった。日々の忙しさのせいもあったけれど、こんなに切羽詰まり、弱っているみっともない姿を見せたくないからだ。

それでも、電話だけは毎日夜に必ずかけるようにしていた。愚痴《ぐち》を言いたいときもあったけれど、我慢して明るい声を出して大しておもしろくもない話をする。

『何かあったら、いつでも言ってね』

ミカさんは電話を切る前に必ずそう言ってくれた。それがとても嬉しくて、同時に、とても情けなかった。弱音も現状も話せずに、次の約束も出来ないまま、ミカさんと会えない日々は過ぎていった。

そんな中で、彼女の無邪気な笑顔との約束と、彼女の主治医との約束はどこかに忘れてしまっていた。

＊

「……うーっ、さみっ」

白い息を吐きながら、僕は着ているダウンのファスナーを首まで上げた。

十二月に入って急に冷えこみ出した空気が、容赦なく体に突き刺さってくる。自分を置いて、季節は勝手に過ぎていく。コンクールの締切は月末に迫っていたけれど、僕はなんの打開策も見い出せずに、今描いている絵を完成させることだけに集中していた。

「おはよう！　日曜日なのに、偉いねえ」

校門に入ると、白い息を吐く、笑い皺を作った大学の守衛さんが声をかけてくれる。

「おはようございます。今日も寒いですね」

「ああ、お互い風邪には気を付けてがんばろうな」

ここのところ大学が閉まるギリギリまで残っていて、日曜日も朝から大学に来ているので、すっかり守衛さんと仲よくなっていた。少し世間話をしてから、固くて、とても冷たく見える校舎へと急いだ。

何も音が聞こえない校舎の中に入り、廊下を歩いている間、誰ともすれ違うことなくガランとした実習室にたどり着く。

昨晩、床に脱ぎ捨てておいたままの、いつ洗ったか分からない絵の具で汚れまくっているつなぎに着替える。昨夜から出しっぱなしにしているキャンバスの前に座り、紙パレットの上で色を作り、筆を持った。

教えてもらった方法を思い出しながら、何度も色を重ねるけれど、そのたびに目の前の絵は自分が思うものとは違うものになっていく。

最近、癖になってしまったため息をひとつ吐いたとき、ポケットの中が震えた。

携帯を取り出し、こんな時間に珍しいなと思いながら通話ボタンを押す。

『今、どこ？』

僕は、久しぶりに、ミカさんの明るい声を聞いた。

作品の締め切りが迫り、全く余裕がなくなってしまった僕は、ここ数日ミカさんに電話をかけていなかったからだ。そんな僕に気を遣っているのか、ミカさんから連絡をしてくることもなかった。

『今、どこ?』

ボンヤリして返事をしなかった僕に、もう一度ミカさんが聞いてくる。

「……今は、大学に居ます」

『大学の、どこに居るの?』

「いつもの、油絵科の実習室です」

『何階?』

「二階ですけど」

『そこって、第三実習室?』

自分の居場所を言い当てられ、ボンヤリとした意識が、やっとはっきりしてきた。

「……はい。……あの、なんで、分かったんですか?」

僕の質問が終わると同時に、実習室のドアが開いた。現れた人に、驚きすぎて椅子から立ち上がることも出来ず、体が固まる。

「来ちゃった」

少し先に、ミカさんが立っている。

手の中にあった携帯が落ち、固い床に当たった音がしたけれど、それを目で追うことはしなかった。それよりも、そこに居る彼女から目が離せなくて、今、見ているものは僕の願望が見せる幻覚かどうか、回らない頭で判断しようとした。

「正直君、落ちたよ？」

ミカさんは椅子に座ったままの僕に近付き、携帯を拾い、「はい」と僕に差し出してくれる。

すぐ目の前に居る、笑みを浮かべるミカさんからは、甘い、懐かしい匂いが少し香った。僕の勝手に伸びた両腕が、片方は細い手首を強く掴んで彼女を引き寄せ、もう片方は細い腰に巻き付いた。

「……苦しい、……よ」

ミカさんの声を無視して、華奢な体に回した両腕に力を入れる。自分の頭が柔らかな胸に包まれ、その優しい感触が僕の中にある細い糸を切ってしまう。

我慢が出来なくなった僕は、気の済むまで醜態をさらした。


十二月の白い光が、葉を全て落とした中庭の樹木たちを優しく暖めている。今日はとても天気がよくて、頭上に広がる薄い青はどこまでも続いていた。

いつの間にか太陽は真上まで上がり、寒さは随分和らいでいて、コートを着ていれば外でも十分居られるほど暖かかった。人の気配がなく、しんと静かな中庭のベンチにぽつんと座っているミカさんに温かいミルクティーの缶を渡す。「ありがとう」という笑顔に返さず、僕は自分のホットコーヒーの缶を開けて、ひと口飲んでから彼女の横に座る。

無言でコーヒーをすすり、涙でしょっぱかった口の中が苦味と甘味に変わっていったころ、ミカさんがぽそりと言葉を漏らした。

「綺麗な庭だね」

「……さっきは、すいませんでした」

僕は下を向いて、彼女の顔を見ずに謝る。

「謝らなくていいよ。落ち着いた?」

僕は首を縦に振った。

「ならよかった」

頭をゆっくり上げてミカさんに目をやると、穏やかな表情でこちらを見ていた。情けなさと恥ずかしさで、僕はまた下を向いてしまう。

彼女に会えて堪えていた感情が一気に爆発した僕は、強くミカさんを抱きしめながら思い切り号泣してしまった。彼女は何も言わずに、僕が泣き終わるまで優しく抱きしめていてくれた。

「あの……そのコートの、クリーニング代出しますから」

　手触りのよかった、高そうな黒いコートの胸の部分は、僕のせいで湿り色が変わり始めている。

「大丈夫だよ。それより、正直君て、やっぱり絵を描くのがうまいんだね」

「……全然ダメですよ」

　自分でも分かるほど暗い声が出て、少し驚いた。

「でも、描いてた絵すごかったよ」

「……あれは、僕の絵じゃないから」

　首をもたげると、ミカさんは首を傾げていた。

「あの絵は、正直君の作品でしょ？」

　そう言われて、僕は声を出さずに鼻で笑った。

「正直君？」

　ミカさんは不思議そうな顔をして、僕を見ている。

「確かに、あれは僕が描きました。教授や周りに言われた通り、展覧会で賞をとれるような作品を。……あんな絵、他の誰かが描いたのと一緒ですよ。……僕の作品なんかじゃない！」

自分の情けない大声に驚き、僕はすぐに後悔する。

「……すいません、こんな愚痴言って。……ミカさんには関係ないのに、……僕、すごい格好悪いですね」

一番最悪な取り乱した姿を見せて、思い切り愚痴を言った。自分のみっともないところを全て彼女に見せてしまった。

……こんな自分を、今、ミカさんはどう思ってるんだろう？

それを知るのが怖くて、最低な僕はまた下を向いて黙った。ミカさんも口を閉じていて、しばらく重く息苦しい沈黙を感じていると、突然聞こえた。

「正直君、あの絵、ここに持ってきて」

「え？」

「早く、今すぐに」

顔を上げると、ミカさんの真剣な顔が見え、僕はまっすぐ向けられる視線に捕らわれた。

意図は全く分からないけれど、初めて見る彼女の強い迫力に押され、言われるまま実習室から描きかけの作品を中庭に持ってきた。

まだ絵の具の乾いていないキャンバスを手渡すと、ミカさんは立ち上がり、座っていたベンチに絵を立てた。

「この絵、嫌い？」

無表情のミカさんは、そう僕に聞いてくる。

「え？」

「どっち？　好き？　嫌い？」

質問の意味がよく分からなかったけれど、僕は正直に答えた。

「……嫌いです」

「分かった」

ミカさんがぱしゃりと小さな水音を立てるのを、止めることが出来なかった。

彼女の手から、ミルクティーの缶がカランと音を立てて地面に転がる。

「これで、よしっ」

そう言って、僕を見てにっこりと笑い、地面に置いていた僕の飲みかけのコーヒーの缶を拾ってこちらに差し出してくる。

「正直君もやりなよ、あれ、嫌いなんでしょ？」

彼女はそう言って、変わり果ててしまった僕の作品を指差す。

柔らかな色を幾度も重ねた鮮やかなキャンバスは、先ほど、一瞬で薄い茶色に染められてしまった。ミルクティーは油絵の具と混ざり合えず、ただべたりと張り付いている。

一ヵ月もの時間をかけて何度もやり直し、苦労して、完成までもう少しだった作品が、無惨な姿で冬の白い光に照らされている。

それを目の前に、体が凍ってしまったように動かない。

「出来ないの？」

「……え？」

「正直君には、無理なんだね」

そう言ったあと、僕の顔を覗きこんで笑う。その彼女の表情がとても意地悪に見えて、かあっと頭の中に一瞬で血が集まり、自分の手が勝手に動いた。

「……あっ……」

先ほどの彼女と同じ水音を立ててから、僕は、間抜けな声を出した。

目の前のキャンバスは、さらに黒で犯され、指導してくれている教授が見たら卒倒しそうな作品になってしまった。

それなのに、僕は空になったコーヒーの缶を握りしめ、ふふっと小さく笑い声を漏らす。

とても久しぶりに笑ったと気付いたあと、このところずっと狭く感じていた喉が広がるのを感じ、もやがかかっていた視界が晴れていくのが分かった。

「スッキリしたね」

僕の気持ちを言ってくれた彼女に視線を向けると、とても優しい笑みを浮かべていた。

＊

「……僕ね、小さいころからずっと空手を習ってたんですよ。中学のときにやめちゃったんですけど」

実習室に戻ってきた僕らは、汚れたキャンバスを前に並んで床に座っている。

「そっか、だからあのとき、格好よく助けてくれたんだね」

ミカさんは僕の肩に頭を置いて、おもしろくない話を聞いてくれる。

「ずっとやってたから、ある程度までの成績は残せたんだけど、県大会レベルまではいかないし、親にはなんの役にも立たないんだからって言われて、受験の前にやめちゃったんですよ」

三歳のころから親の勧めで習い始めた空手は、礼儀作法や練習が厳しくて最初は嫌いだったけれど、徐々に試合で勝てるようになって好きに変わった。

勝つ喜びを知ってからはかなり真剣に練習をしていたので、中学生になるころには道場で一番強くなっていた。でも、地区予選などの大きな大会ではガチガチに緊張してしまい、思うような実力も結果も出せなかった。体や技をいくら鍛えても、精神面が弱いままの自分が試合を勝ち抜いていくには無理があり、限界を感じてしまい伸び悩んでいたときに親にやめろと言われて本当は安心した。

「私を助けてくれたときの、あれ、空手の技?」

彼女は片手をぐーにし、前に突き出す。

「……本当は、試合以外で使ったらダメなんですけど……」

「今度、教えてほしいな、格好よかったから」

そう言って、ミカさんはふふっと笑う。

その顔を見られただけで、そう言ってもらえただけで、ぐずぐずになっていた中学生のころの自分が救われた気がした。


僕は昔から見た目も運動神経も頭のよさも全て平均かそれ以下で、誇れることなんてずっとやっていた空手ぐらいしかなかった。その空手さえ、努力することを途中でやめて、親に言われた通りに高校受験の前に簡単に手放してしまう。そして僕は、自分に本当に何もなくなってしまったことに気付いたのだ。

それからは、今まで考えたこともなかった、これからの将来や自分のことが、昼も夜も、四六時中頭の中を占拠するようになって、僕は誰にも言えずにひとりで悶々《もんもん》と思い悩むようになる。協調性だけはあったので友達は少なくなかったけれど、自分の中でも答えが出ずもやもやした気持ちを、言葉に表して誰かに伝えることが出来なかった。

これからどういう風に自分が生きていくのか、どうやって生きていけばいいのか、たくさん考えても答えは出ない。誰かの助けを借りることも出来ない。真っ黒い落とし穴にいきなりはまって、出口が見つからずに、ただじっとしているようなそんな日々を、何も出来ずに僕は過ごした。

なんの解決策も見つからないまま、黒くてもやもやした気持ちをどんどん膨らませつづけて、親や先生にせっつかれて、自分が入れそうな高校に入るための勉強を始め、受験の日まで半年を切ったころだ。僕は初めて、雷が落ちてきたような衝撃ってやつを感じた。

その日は、クラスの誰もが喜んでいない遠足で、全く興味のない美術館に行くことになった。眠たくなるほど退屈な美術館の歴史について聞かされたあと、後日感想を提出しなければいけないと言われたので、男子の友達と嫌々ながら美術鑑賞を始めた。

まだまだ子供の僕らは、裸の女の人が描かれた絵以外に興味を示さず、名だたる名作の前をふざけながら素通りしていく。

しかし、僕は一枚の絵の前で足を止められた。

それをひと目見た途端、いきなり体がその場で固まって動けなくなってしまい、頭の中が一瞬で真っ白になってしまったからだ。

その絵は裸の女の人を描いているものではなくて、他の作品に比べると地味な印象を受ける風景画だった。友達が足を止めた僕を促したけれど、それをやんわり断ってその場にしばらく突っ立っていた。

目の前のそれほど大きくない額縁の中には、池のような沼のような世界が広がり、蓮の花と草木が描かれている。見たこともない、どこにあるかも分からない場所を描いた世界に、僕は一瞬で引きずりこまれてしまった。

それはとても不思議な感覚だったけれど、全然嫌じゃなくて、とても気持ちのいいものだった。グルグルと頭の中を回っていた黒い想いがどこかに身を潜め、目の前に広がる静寂で淀みのない世界の中に、僕はいつの間にか同化出来ていた。

絵なんて全く興味がなかったのに、その絵画を時間も忘れて見入ってしまっていた次の日、中学校の図書館で作者の画集を借りて帰り、自分の部屋でドキドキしながら開いた。

そのときに、友達が、好きな女の子の写真をずっと眺めていても飽きないと話していたのを思い出した。まだ僕は恋を知らなかったけれど、多分それに近い気持ちで、その絵をずっと眺めた。

印刷されたものだけれど、それからしばらくは暇さえあれば画集を見ていた。

絵を見ている時間は、黒い想いが顔を覗かせることはなくて、静かで穏やかな空間にいることが出来る。

その一枚の絵画が、このころの僕を救ってくれたのだ。

それに気付いたとき、とても驚いた。そして、漠然とだけれど、自分のしたいことや、やりたいことが分かった気がした。僕はそれから自分でもびっくりするくらいの行動力で、やっと、ちゃんと動き出す。

まずは、受験前なのにいきなり美術部に入った。絵の描き方を教えてもらい、描くことの楽しさを知る。もっとうまくなって、あのとき、自分が衝撃を感じたような絵を描きたいと思った。そうなるには地元にいても無理で、都会の美術大学に行かなければいけないことを知った。

残り少ない受験日までの時間、猛勉強して商業高校から急に変更した進学校になんとか受かり、親を説得して現役合格を条件に美大の予備校に通わせてもらった。

「本当に必死で、高校の三年間は女の子と付き合うどころか、遊びもしないし、学校と美大予備校と、勉強と、課題と……って、今と、大して変わらないんですけど」

そう言いながら力なく笑う僕を見て、ミカさんは柔らかい笑顔を作る。

「……今思うと、思春期独特の悩みだったのかな？　それを乗り越えて目標見つけられたのって、あの美術館の絵のお陰なんです。あんな絵を描きたいから、僕はここに苦労して入ったんだ……。せっかく都会に出てきたのに、遊ぶこととかより、絵のほうが大事で、作品を創るのが本当に楽しかった」

長くつまらないだろう僕の話を、ミカさんは黙って聞いてくれた。

「……最近追い詰められてて、そんな気持ち忘れてた」

自分の昔話をしていて、やっと僕は気が付いた。

「よかったね、思い出せて」

「……ミカさんのお陰です。ショック療法で目が覚めました」

そう言いながら、僕は目の前の汚れたキャンバスを指差す。

「びっくりしたけど、こうしなかったらダメだった気がする」

「……ごめんね、せっかくの作品だったのに」

「よく言うよ」

さっきのミカさんの表情を真似して、わざと意地悪く言葉を返した。

「だって、原因をなくせば楽になると思って」

ミカさんは、バツが悪そうに顔を背ける。

「ありがとう。本当に、こんな彼女がいてくれて、幸せです」

そう言って僕は、彼女の額にキスをした。

「この作品はダメになったけど、また一からがんばるね」

久しぶりの行為に恥ずかしくなり、立ち上がって彼女に背を向ける。

「え？」

驚いたような声に振り返ると、彼女の表情がついさっきまでと変わっていた。

「僕、なんか変なこと言いました？」

不思議そうな顔をしたミカさんが、下から僕を見ている。

「もう、コンクール、やめるんじゃないの？」

「やめないよ」

きっぱりと言い、自分の気持ちを固めるために言葉を続けた。

「一度決めたことだし、締め切りまで一ヵ月もないけど、今度は周りに何を言われても自分の納得する作品を創りたいんだ」

僕は、さっき、ふたりで作った作品に向いた。

「こんな気持ちになれたのも、ミカさんのお陰だよ、本当にありがとう。あともう少し、がんばるから」

僕が描いたのに、自分の作品に思えない嫌いな絵を、彼女が壊してくれたからこんな風に思えている。もしかしたら、絵を描くこと自体嫌いになってしまっていたのを、ミカさんが救ってくれたのだ。

「本当に、ありがとうございました」と、もう一度言い、唐突に今の時季を思い出す。

「……あ、でも、ちゃんとクリスマスはしましょうね。何したい？　……ミカさん？」

振り返ると彼女の姿の代わりに、見たことのない紙袋が床に置かれていた。

いつ帰ったんだろうと思い、それが分からなかったくらい熱心に話していたのかと、恥ずかしさを感じながら紙袋を拾った。

少し迷ってから中身を見ると毛糸の白いマフラーが入っていた、誕生日カードと一緒に。それを見て、僕は自分の誕生日が今日だったことを思い出す。

すぐに電話をしたけれど彼女の声を聞くことは出来なくて、時間を置いても留守番電話にしか繋がらなかった。そんなことは初めてで僕はとても不安になり、早めに制作を切り上げ、日が沈む前に大学を出た。

久しぶりに彼女のマンションに着き、部屋の呼び鈴を鳴らしても反応はなくて、電気もついていない。一時間ほど、寒さに震えながら呼び鈴を何度か鳴らしたものの反応はなく、電話に出ることもなくて僕はあきらめて帰った。

彼女がくれた、多分手編みのとても温かいマフラーを巻いて。

＊

次の日の朝早く、ミカさんから電話があった。

家で寝ていて着信に気が付かなかったらしい。朝起きたら具合が悪くて、今日は仕事を休むと言っていたので、僕は昨日来てくれたこととマフラーのお礼を言って謝った。

ミカさんは、自分のことは気にしなくていいから作品をがんばってと言った。電話の声はいつも通りで、僕はほっと安心する。でも、ミカさんは「私は、大丈夫」と言って、すぐに電話を切ってしまった。

このとき、自分のことでいっぱいだった僕は、電話をかけ直さなかった。


一ヵ月もの時間をかけた作品をダメにしてしまい、教授にひどく叱られたあとで、僕は自分の想いをちゃんと話した。このまま制作を続けていても自分が納得のいく作品を創ることは出来なくて、ワガママだと分かっているけれど、少しだけ自分の思う通りにさせてくださいと深く頭を下げる。

教授は話を最後まで聞き、締切日までに自分が思う最高のモノを創りなさいと、怒った声で言ってくれた。

「ありがとうございます」と教授の手を両手で握ると、強く振り払われて、すぐに作品に取りかかりなさいと怒鳴られた。

この日から、前にも増して作品に割く時間が多くなる。バイトを休んで、寝る時間も削り、自分の生活を全て使って作品を描いた。自分の納得がいくモノを創りたい一心でがんばり、そんな充実した日々が一週間ほど続いたころだ。

放課後、大学の実習室でいつものようにひとり残って作品に向かっているとき、随分会っていないヤスから電話がかかってきた。

「もしもし、どうしたの？　電話珍しいね、今日はバイト……」

『……バカヤロ！　今どこだよ！』

僕が上げた呑気《のんき》な声を、ヤスが張り詰めた声で遮った。

「……今、大学だけど。……なんかあった？」

『羽鳥総合病院の場所知ってるか？』

知っている僕の心臓が、どくんと大きく鳴った。

『今すぐ行け！　ソースさんが運ばれたから！』

初めて聞くヤスの強い声に、持っていた筆が手から落ちた。

それに構わず、電話を切ってから大学をすぐに飛び出し、普段は絶対に使わないタクシーに乗りこむ。後部座席のシートに座っている僕は、何を考えればいいのか分からず、窓の外の薄暗くて色のない景色をボンヤリと眺めていた。

大きくて立派な白い建物の前にタクシーが着いたころ、外はもうすっかり日が暮れていた。

一般外来の受付は閉まっていたので、入口の地図に従って時間外受付に行き、彼女の名前を出す。どういったご関係ですかと受付の看護師さんに聞かれたけれど、僕は答えを返すことが出来なかった。

そんな姿を少し不審そうに眺めてから、看護師さんはどこかに電話をかけて、一階のロビーで少し待っていてくださいと言った。シンと静まり返った薄暗い病院のロビーにひとり向かい、ずらりと並んだ固くて冷たい長椅子のひとつに腰かける。

白い壁の、秒針を刻む掛け時計の音が耳障りなほど大きく聞こえる。僕はその音を聞きながら、何もせずに、ただ、待った。

どのくらいの時間そうしていたのか、膝の上の組んだ両手が小さく震えているのに気が付いたとき、後ろから誰かの声が聞こえた。

「遅かったね、宇野正直君」

低い声に振り返ると、この病院で一度会った彼女の主治医が立っていた。

「外傷もほとんどないし、彼女は無事だよ。今は眠っているから、会わせることは出来ないんだ」

羽鳥医師は、僕の隣に座り、長い脚を組んでから話を続ける。

「ここに運ばれる前に、コンビニの店内でかなり暴れたみたいだ」

ヤスの話によると、ミカさんはこの一ヵ月の間、コンビニに毎日毎日ソースを買いに来ていた。けれど、今日はたまたまソースが品切れだった。

いつもの時間より早く、けれどいつものようにソースを買いに来たミカさんに、品切れであることを伝えた次の瞬間、彼女はヤスに掴みかかって暴れ出したらしい。

コンビニ内に居た客に押さえられると、すぐに彼女は気を失い、慌ててヤスは救急車を呼んだ。その際、なにか身元を確認できるものはないかと聞かれ、ミカさんの財布を見たら、緊急のときは、羽鳥総合病院に連れていってほしいというメモが入っていたそうだ。駆け付けた救急隊員にそれを告《つ》げると、羽鳥総合病院に運びますと言われた。……そう一部始終を、ヤスはきちんと僕に報告してくれた。

「宇野正直君、正直君でいいかな？」

そう言われて、僕はこくりと頷き、汚れたつなぎ姿のままここに来てしまったのに気付く。

「正直君、最近、彼女に何かあったのかな？」

自分の姿とは正反対で、汚れなんか見当たらない真っ白な白衣を着た羽鳥医師の言葉に、びくりと肩が震えた。

「君が支えてくれているから、安心していたんだけれど。どうして、彼女の変化に気付かなかったかな？」

羽鳥医師は小さいけれどよく通る声を出す。僕と比べて太くて低い、落ち着いた声色が、僕を責める言葉を紡いでいく。

「どこまで理解してるかは分からないが、彼女の病気はとても難しくてね。僕は発病した当初から診てるんだ。彼女が病んでいるのは精神、心なんだよ」

そんなに丁寧に言われなくても、ちゃんと分かっている。そう返すことも、こちらを向いているだろう顔を見ることも出来ず、僕は床のシミを見つめた。

「心の病は治すのが難しくて、完治しにくい。目に見えない傷だから、治っているかどうか分かりにくいしね。そして……」

羽鳥医師は、ひと呼吸置き、もう分かっていることを言った。

「ちょっとしたことで簡単に病状が重くなったりする。彼女の心はとても不安定で、壊れやすい」

「……羽鳥正二さん、言いたいことがあるんなら、ハッキリ言ってください」

ヤスから彼女のことを聞いて、ずっと冷たかった体が、彼の言葉で熱くなっている。

隣を向くと、笑みを浮かべた顔が言った。

「分かっているんだろう？　言われなくても」

「……何が、分かってるんですか？」

羽鳥医師の低くていい声は、僕の気持ちを逆なでる。

「君は、彼女と居るべき人間じゃないってことを。自分と居ても、彼女の病気は治らないって分かっているんだろう？」

「分かりません。それに、なんで羽鳥さんにそんなこと言われなきゃいけないんですか？」

珍しく、自分の口調がとてもきつくなっているのが分かる。

「君と居て、彼女の病気が治ったかい？　君がほったらかしていたあいだ、結局、彼女はソースを買いに行っていたのを聞いたんだろう？」

僕と違い、落ち着いている様子の羽鳥医師が続ける。

「今の君は、自分自身で精一杯なんだろう？　そんな状態で彼女と一緒には居られないだろうし、病気の理解だって出来ない。今の君と居たら、彼女の病気は重くなるだけだろうね」

僕は立ち上がり、羽鳥医師の胸ぐらを感情のままに掴んだ。

「殴りたいなら構わないが、これだけは言っておくよ。君には彼女を救えない。君には無理だ。彼女を壊してしまうだけだね。彼女を救えるのは、主治医の私だけだよ」

そう言ったあと彼は両目を細くする。その表情は、彼女の表情の中に同じモノを見たことがあった。

「ミカのことが好きで、壊したくないのなら、すぐに別れなさい。でないと取り返しのつかないことになるだろう」

口を大きく開き、彼女の名前を呼ぶなと言う前に、

「……羽鳥先生、探しましたよ！　後藤さん、目を覚ましましたよ！」

看護師さんが、大きな声を上げながらこちらに駆けてきた。

「正直君、自分の気持ちでなく、彼女のことを考えてくれないか」

そう笑顔で言われ、僕は彼から手を離した。乱れた胸元を直し、羽鳥医師は黒くて長い影を連れてどこかに去っていく。

残された僕は、当てのなくなった拳を握りしめ、しばらくその場に立ち尽くした。

第四章　暗灰色《あんかいしょく》のセカイ

「なんだ、なかなかいいじゃないか。この調子でがんばりなさい」

「……えっ、……はっ、はいっ！」

放課後、他の生徒は帰ってしまった実習室で、僕は予想外に教授に褒められてかなり戸惑った。

「なんだその気のない返事は、やる気あるのか？　早く下塗りを始めなさい、間に合わないぞ！」

教授に檄《げき》を飛ばされ、慌てて準備を始める。

「全く、前の作品をダメにしたと思ったら一日で下描きを完成させてきて、たまたま出来がよかったからいいものの……」

教授はぶつぶつと小言を言っていたけれど、あまり耳には届かず作業を始める。

昨晩、病院から家に帰り、何かに取り憑《つ》かれたように徹夜で下絵を完成させた。賞とか、教授の言っていたことになど構わず、キャンバスに自分の描きたいモノを描いたのだ。

僕は下塗りを早めに終え、大学を出ると、今日は電車で病院へ向かう。

「昨夜から興奮状態が治まっていないので、今日は面会出来ません」

面会時間ぎりぎりに着いて受付でミカさんの名前を出すと、無表情の看護師さんにそう淡々と言われてしまい、肩を落として病院を出た。

結局、昨日羽鳥医師に言われた通り、僕には何も出来ることはなかった。彼は大人で、医者で、多分金持ちでおまけに格好よくて、ミカさんの病気をよく理解している。それに比べて、子供で、貧乏な美大生で、自分のことに必死で彼女のことをほったらかしにしていた僕。どちらがミカさんと一緒に居たほうがいいかは、少し考えれば分かることだった。

自分にはなんの力もなくて、彼女に何も出来ない。そんな現実を、本当は認めたくなかった。でも、考えれば考えるほど、それを受け入れなければいけないことだけが分かった。言われた通り、自分の気持ちよりミカさんのことを想うなら。

病気のことを知っていてその症状を目《ま》の当たりにしていたのに、あれだけそばに居たのに、大した理解もせず、毎日ソースを買っていた理由を聞けていなかった。悔しいけれど、彼女のことを何も分かっていなかったことに今さら気が付いた。

相手のことをちゃんと考えて、大事にするのが本当に好きということ。僕はそれを教えてくれた彼女に何も出来なくて、自分の気持ちを押し付けているだけだった。

こんな、自分勝手で役立たずな僕は、……ミカさんと一緒に居る資格は全くない。

「今日もがんばったね。こんな遅くまで、毎日毎日しんどくないかい？」

日がとっぷり暮れ、白い息を吐きながら大学を出るとき、守衛さんが声をかけてくれる。「大丈夫ですよ」と返すと、守衛さんは「無理はするなよと」言って笑った。

十二月も半ばを過ぎて寒さは厳しくなり、コンクールの締め切りが迫っていたので、僕の生活は作品を仕上げることが全てになっていた。

睡眠も削ってキャンバスに向かう日々が続いていたが、そんな生活は、今の僕にとって本当に都合がいいものだ。キャンバスに向かうときだけ、ミカさんのことを頭の隅に追いやることが出来る。

ミカさんが病院に運ばれた日から、僕が連絡することも彼女が連絡してくることもなく、あの日以来彼女にもらったマフラーを巻くことはなかった。

黒い空にすぐに消えていく白い息を吐きながら、首を縮めて重たい画材とキャンバスを両手に持ち駅までの道を急ぐ。終電に近い時間に着き、画材を地面に置いて定期をポケットから出したとき。

「正直君」

低い声に名前を呼ばれ、うしろを振り向くと、今一番会いたくない人物がいた。

「そんなに、睨まないでよ」

羽鳥医師は爽やかに笑いながら、僕に断りなく近寄ってきた。

今日は白衣姿ではなく、嫌味なほど似合うスーツ姿だ。ダークグレーの見るからにいい生地は、体にぴたりと合いすぎていて、オーダーメイドというやつだと思った。

二着しか持っていないコートのうち、高校生のときに買った着古したダウンを着ている僕の横に、頼むから並ばないでほしい。

「……何か用ですか？　この寒い中、僕を待ち伏せするなんて暇なんですね」

「そこに車を停めて待ってたから、大丈夫だよ」

そう言って、道路わきでピカピカと光る、僕でも分かるシルバーの外車を指差した。

「これから、少しだけ話出来ないかな？」

「無理です。終電なくなるんで」

僕はキッパリと言い、全てが嫌味すぎる羽鳥医師に背を向け、改札口に向かう。

「お腹空いてない？　何でもごちそうするよ？」

終電がホームに着くとアナウンスが聞こえてきて、口を開かずに足を早める。

「どうしても、後藤さんのことで話しておきたいことがあるんだ。少しでいいから、時間をもらえないかな？」

僕は、その名前に反応してぴたりと足を止めた。空腹のお腹が鳴らないよう注意しながら、ゆっくりとうしろを振り返る。

「……行きます。ミカさんのために」

終電の発車を知らせる大きな音が、自分の声に重なる。

「ありがとう」

羽鳥医師は、並びのいい白い歯を見せてニッコリと笑った。

*

電話の呼び出し音とともに、自分の心音が跳ね上がっていくのが分かる。とても長く感じる待ち時間が僕の頭の中をぐるぐるとかき回し、ぷつりと電波が繋がる音がして、唾をごくりと飲みこんでから声を出す。

「……もしもし？　今、大丈夫ですか？」

自分の声が変にかすれているのが分かった。

『そっちこそ、大丈夫？　絵は順調なの？』

とても久しぶりにミカさんの声が聞こえてきて、体の力が一気に抜ける。

「大丈夫ですよ、お陰様で順調です」

『なんか、久しぶりだね』

「はい、久しぶりですね」

彼女の明るい声を聞いて、僕はホッとした。

昨日、羽鳥医師が言っていた通り、ミカさんの声は元気そうだった。

「あの、もう少しで作品描き終わるんで、来週のクリスマスイヴ、空けといてくれますか?」

『大丈夫なの?』

「はい、今週中には終わる予定なんで」

少し間を空けて、ミカさんが言った。

『なら、空けておく。楽しみにしてるね』

嬉しそうな声に、自分の顔が緩むのが分かった。

「……ありがとうございます。じゃあ、がんばって作品仕上げますね」

『うん、がんばってね』

電話を切ったあと、誰も居ない放課後の実習室で強く拳を握った。

「……よかった。あいつに感謝だな」

ひとり言を大きく口に出したあとで、僕はすぐにキャンバスに向かう。その日はいつにも増して、作品の進みが早かった。


昨日、羽鳥医師に待ち伏せされて、僕は誘われるままにしゃぶしゃぶを食べにいった。見るからに高級そうな店に連れていかれ、旅館のような畳の個室で、初めて口にする霜降りの肉を食べられるだけ食べた。僕の向かい側で、ほとんど箸を動かさない羽鳥医師がその様子を黙って見ていた。

『おいしかったかい?』

デザートが運ばれてきたあと、羽鳥医師がころ合いを見計らったように話しかけてくる。『普通です』と、メロンを食べながら正直な感想を言った。今食べた高級だろう鍋より、彼女の部屋でふたり食べたキムチ鍋のほうがおいしかったと思う。

『それは、よかった』

そう言って彼はほほ笑み、両手を顎《あご》下で組んだ。なんでこの人の言動はひとつひとつが臭い芝居みたいで、僕をイラつかせるんだろう。

『……そろそろ、本題に入ってくださいよ』

僕はスプーンを置き、笑みを浮かべているけれど何を考えているか分からない顔に言う。

『ごちそうするためだけに、僕をここに連れてきた訳じゃないでしょう?』

そう僕が言ったあと、彼はすぐに声を出して笑った。

『君は若いのに、頭がいいね』

馬鹿にしたような言葉に激しくイラつき、感情のまま強く言葉を吐く。

『ミカさんのことで話があったから、僕に会いに来たんでしょう?』

いつの間にか笑みを消している羽鳥医師が、少し間を空けてから言った。

『正直君、君に、彼女を救ってほしいんだ』

『何、言ってるんですか？　この間と言ってることが矛盾してますよ？』

多分、怒りを隠せていない僕の顔を、口を開かず彼はじっと見てくる。なんなんだよ、もったいつけるなよと言いたかったけれど、負けるような気がして僕も口を閉じたままでいた。

『タバコいいかな？』

やっと口を開き、羽鳥医師はそう言った。僕が頷くと、背広の胸ポケットからタバコを取り出し、銀色の細いオイルライターで火をつける。独特な油の匂いが辺りに漂い、羽鳥医師は白い煙と一緒に言葉を吐いた。

『そうだな、この間と言っていることが違うな』

自分に言い聞かせるように彼は言う。

『はい、意味が分かりません』

僕はわざとトゲのある言い方をする。

『そんなに、睨まないでよ』

今日出会ったときと同じ台詞を、羽鳥医師は苦笑しながら言った。

『すいません、目つきが悪いのは生まれつきなんです』

そう返すと、彼はまた、僕の顔をじっと見てきた。

『……さっきから、なんですか？　何か、顔に付いてますか？』

『いや、やっぱり似ているなと思って』

『誰にですか？』

ひと呼吸置いたあとで、羽鳥医師が答えた。

『僕の兄さん。ミカの恋人だった人に、君はよく似てる』

彼の言葉を反すうし、白くなった頭で口を開く。

『……どういう、ことですか？』

『ああ、悪い、彼女のことはミカでいいかな？　今は、プライベートということで』

『はい』と答えると、羽鳥医師は灰皿にタバコを押し付け、白い煙と言葉を吐き出す。

『顔の作りはそんなに似てないんだけれど、雰囲気がそっくりなんだよ。特に、その、まっすぐに人の目を見てくるところとかね』

嫌いなタバコの臭いのせいか、頭がくらりとする僕に構わず、彼は続けた。

『兄さんは、僕とは違ってとても不器用な人だったよ。そのくせ頑固で、一度決めたことは譲ろうとしなかった。だから……』

『……あのっ。……あなたは今日、何を話しに来たんですか？』

羽鳥医師の声を、自分の強い声で中断させた。なぜ、こんなにイラつくんだろう。

『ああ、すまない。じゃあ、本題に入るよ。君は、ミカが毎日ソースを買いに行っている理由を知ってるかい？』

どんと大きく心臓が鳴り、少ししてから『知りません』と小さく返す。

その理由に興味がないわけではなかったけれど、聞いてはいけない気がしていたし、多分、聞くのが怖かった。聞いてしまったら、いつかのようにあの無機質な瞳の彼女になってしまいそうだと、なんとなく予感していたから。

『羽鳥さん、あなたは知ってるんですよね？』

彼は、ミカさんと幼馴染みで、彼女が発病したときから診ていると言っていた。

『彼女のことで、あなたが知っていて僕が知らないことがあるのは、とても嫌です』

僕は、羽鳥医師の整った顔を見ながら、キッパリと言った。

『じゃあ、君は彼女を救う気があるのかい？』

硬い表情を浮かべている彼は、僕の目を見ながら聞いてくる。

『そんなこと、当たり前でしょう。僕はミカさんの彼氏で、彼女を本当に好きなんです。自分に出来ることがあるのなら、なんでもします』

僕は自分に言い聞かせるよう言った。それは、本当に、素直な気持ちだった。

ミカさんが病院に運ばれた日から、作品を創っているとき以外はずっと彼女のことを想っていた。後悔したり、自分の不甲斐なさを悔やみながら、今、僕に出来ることがないかずっと考えていた。

でも、考えれば考えるほど、何も行動を起こせない自分が居た。僕は、彼女に片想いしていたころから何も進歩していない。

『今の言葉、信じてもいいんだね?』

『しつこいですね』と返すと、彼は目を伏せて言った。

『……今の状態の彼女が、君に裏切られてしまったら。……もう、本当に壊れてしまうだろうから、君の意志をきちんと確かめたかったんだ』

初めての羽鳥医師のぼそぼそとした声に、僕ははっきりと言葉を返す。

『僕の意志は、何があっても変わりません。彼女にどんな過去があったとしても大丈夫です。だから……』

口をいったん閉じ、彼に頭を下げる。

『……僕にミカさんを救えるなら、その方法を教えてください。お願いします』

しばらく、僕はテーブルの模様を見つめていた。

『顔を上げてくれよ』

言われた通りにすると、目の前に、今までと違う笑みを浮かべた顔があった。

『僕では救えないと分かり、まだ若い君に助けを求めに来たダメ医者なんだから、頭を下げてもらうような人間じゃないよ』

作り物じゃないと感じる表情を、硬いものに変えてから、羽鳥医師は続けた。

『今から君に、僕が知っているミカのことを全て話すよ。君が彼女のことを救うヒントになるかもしれない』

＊

「僕の実家とミカの実家は、隣同士なんだ」

羽鳥医師はゆっくりと、僕の知らないミカさんのことを話し始める。

「ひと目見て、とても綺麗な子だと思った」

羽鳥医師が中学生のとき、隣に住むひとり住まいのお婆さんのところに孫がひとりで引っ越してきた。それが、当時小学生だったミカさんだ。不幸なことに、ミカさんのご両親は交通事故で他界し、ひとり残されたミカさんは父方のお婆さんに引き取られた。会社を経営していたお爺《じい》さんの遺産は相当なもので、残された大きな家にお婆《ばあ》さんはひとりで住んでいたしお金にも不自由していなかったので、孫を引き取ることになんの問題もなかった。

最初は暗い顔をしていたミカさんも、優しいお婆さんのお陰で生活にも慣れていき、徐々に明るい笑顔を見せるようになる。その笑顔を取り戻せたのは、羽鳥医師の三歳年上で、高校生だったお兄さんのお陰もあった。

お兄さんはとても優しい性格で誰にでも親切だった。ミカさんが越して来る前から、ひとりで住むお婆さんとも仲がよく、お兄さんはミカさんと出会ってすぐに実の妹のようにかわいがる。ミカさんもお兄さんを実の兄のように慕っていた。

傍から見れば、似ていない兄妹だと間違えてしまうくらい、七歳も年が離れたふたりは仲がよくなっていく。

「多分、兄さんは僕よりミカをかわいがっていた。ずっと、妹をほしがってたから」

月日が流れ中学生になったミカさんは、お兄さんに対して特別な感情を抱き始める。

「あのころは、よく相談されたよ。彼女は自分の気持ちを伝えて、今ある関係が崩れることを一番怖がっていたから」

そんなとき、大学生になったお兄さんに彼女が出来た。それを知ったミカさんは相当ショックを受けたらしい。お兄さんへの当て付けで、当時、よく交際を申しこまれていた彼女は、同級生の男子と付き合うことを決めた。

しかし、そんな理由で付き合って長続きするわけもなく、すぐに別れてしまう。それと同時期に、お兄さんも彼女と別れる。その後、ふたりはあまり顔を合わせることなく、ミカさんは高校へと進学した。

「そして、彼女は決心したんだ」

ミカさんは高校一年生のとき、お兄さんに告白する。

「結局、兄さんも彼女と同じ気持ちだったんだ」

お兄さんもミカさんと一緒の気持ちを抱えていたものの、関係が壊れるのが嫌で気持ちをずっと隠していたのだ。

七歳もの年の差があったけれど、気持ちが通じてからのふたりはとても順調に交際していく。そんな幸せな時間を重ねていたころに、ミカさんにまた不幸が訪れる。

一緒に暮らしていたお婆さんが亡くなり、大学二年のとき、ミカさんはまたひとりになる。お兄さんは、ミカさんの代わりに葬式など全て取り仕切り、悲しみに暮れている彼女を励まし、一緒に暮らすことを提案する。

当時、研修医のお兄さんと学生だったミカさんふたりの交際を、周りは温かく見守り、彼女は少しづつ元気になっていった。

「本当に、文句のつけようがないくらい完璧なふたりだったよ」

ふたりは、ミカさんが大学を卒業したら結婚する予定だった。

「……それなのに、五年前のあの日、ミカにとって神様はこの世に居ないと思えるようなことが起きた」

ふたりが一緒に暮らし始めて数ヵ月後、寒い冬の朝だった。

朝食のとき、ある調味料が切れていることにお兄さんが気が付く。

「兄さんは、子供のころから馬鹿みたいに、食べ物にはなんでもそれをかけて食べていたんだ。その悪癖がなければ……ミカが切らさずに買っておけば、あんなことには……」

お兄さんは寒さや面倒を押して、パジャマの上にコートを羽織り家を出る。

最後に、こう言い残して。

『ソース買ってくるよ』

歩いて五分ほどのコンビニに行ったお兄さんは、出勤時間になっても帰ってこなかった。携帯も持っていっておらず、立ち読みに熱中しすぎているのかなと思い、ミカさんは外に出る。

彼女がコンビニに向かう途中、道路に珍しく人だかりが出来ていた。そばにはパトカーと救急車が停まり、その中心には、電柱に正面から突っこみ前方がグチャグチャになった白い乗用車がある。車体の周りには無数のガラスの破片が飛び散り、その上に、彼女が見覚えのある古びたスニーカーが片方だけあった。

そして、そのすぐそばに、救急隊員に囲まれ担架に乗せられようとしている、買ったばかりのソースにまみれたお兄さんが居た。

地面に仰向けに寝転がり、目を固く閉じたお兄さんにミカさんは駆け寄る。救急隊員の制止も聞かず、彼を抱いた。動かない恋人に向かって、ミカさんは何度も、何度も名前を呼んだが、目を開けることはなかった。

ソースではなく、お兄さんは自分の血に染まっていたのだ。

「コンビニで買い物をした帰り、居眠り運転の車が突っこんできたんだ。通勤時間帯の事故でいつもの倍救急車の到着時間がかかったらしいが、仮にその場での処置が早かったとしても意味はなかった……即死だったから」

最後小さくなった言葉で胸がぎゅうっと痛くなり、テーブル下で拳を強く握った。

「お婆さんが死んで半年も経たず、兄さんが居なくなって……ミカは壊れた」

お兄さんが死んだ日からミカさんは、食べることも、寝ることも、喋ることも、一切しなくなる。

お兄さんの両親や羽鳥医師が話しかけても全く反応を示さず、ただ空を無機質な目で見ていた彼女は、みるみる内に衰弱していった。

葬式の日から一週間後、ミカさんは、羽鳥医師の父親が院長を務める羽鳥総合病院に入院することになった。点滴で栄養を摂り、薬で睡眠を取る。あとは死んだようにベッドに横たわっている彼女の様子は、綺麗な人形のようだった。

「……お婆さんと兄さんのところに行けるのを、静かに待っているように見えた」

実際、そんな状態が続けば死が訪れるのは時間の問題で、羽鳥医師の父親はミカさんにある治療を試みることにした。

「いちかばちかの賭けだった。失敗していたら、ミカは……君に会えなかった」

精神科の権威である羽鳥医師のお父さんは、彼女に催眠治療を行ったのだ。

「一般にはあまり知られてないし研究途中なんだが、特に心の病気を治すために、とても有効だと考えられている治療方法なんだよ」

眠っている患者に一種の暗示をかける、マインドコントロールとも取れる行為。

「ミカの生きてきた歴史を、もう一度作り直す作業と言えば分かりやすいかな。あのときの治療は、倫理に反するものがある。でも、彼女を救うにはその方法しかなかったんだ」

催眠治療の目的は、ミカさんの記憶からお兄さんの存在を全て消去してしまうこと。

治療は長い時間がかかった。前例のあまりない、人の記憶を操作する治療は二年の歳月を要した。

「僕は父の助手として、治療が始まったときからずっと彼女のそばに居た。そのときに、体は健康でも心が死んでしまったら人間は生きていけないことを、ミカから教わった」

長い話を終えてから、羽鳥医師はタバコを取り出して火をつける。長めに吸いこみ、ゆっくりと煙を吐いたあと、彼は話を再開する。

「二年の長い治療が終わってから、日常生活が普通に送れるようになるまで一年かかった。父が紹介した病院の事務に就職して、引っ越しをして、生活が落ち着くのにさらに一年。そして……」

羽鳥医師は、僕の顔をまっすぐに見て言った。

「君の働くコンビニに通うようになったのは、治療を始めてから四年半後だった。さらにその半年後、ミカは君と付き合い始めた」

タバコを灰皿に押し付けてから、彼は天井に目線を向けた。

「ミカがソースを買いに行っていたことを、主治医である僕は知らなかった。このあいだ、うちに運ばれてきたときに、君のお友達から聞いたんだ」

そういえば、彼女に付き添ってくれたヤスに、僕はお礼を言ってないままだ。

「彼女は、日常生活を送れるようになってからも週に一度通院していたが、コンビニに通ってることを自分から話したことはなかった。君のこともね」

そう言ったあと、僕をまっすぐ見る彼は笑みを浮かべた。

「正直、君とのことを知ったときは驚いた。もう誰かと恋愛が出来るくらい、ミカが回復しているとは思わなかったからね」

「……相手が僕だったんで、驚いたんでしょう？」

「いや、そんなこと思ってないよ」

久しぶりに口を開いた僕に、羽鳥医師は両目をとても細くした。

「君だからこそ、ミカは好きになったんだろう。病院で言ったことは謝るよ」

今度は彼が僕に頭を下げて、言葉を続けた。

「あのときは彼女が病院に運ばれてきた直後で、気が動転してしまい君にひどいことを言ってしまった。君が彼女を救っていたのに、僕は間違ったことを言ってしまった」

あのときと正反対の彼の言動に、僕はとても驚き口を開く。

「……僕は、なんとも思っていませんよ」

嘘に、羽鳥医師が顔を上げる。

「……その、僕が彼女を救っていたって、どういうことですか？」

「彼女が言ったんだ。君と出会ってから、君と一緒に居るときが一番心が休まるって」

その答えに、とても驚くとともに、胸がじんと温かくなるのを感じた。

「ふたりで病院に来てくれた日、ミカから聞いたんだ。嬉しそうに話してくれたよ」

そのときの彼女を思うと、頬が緩むのを感じた。

「馴れ初《そ》めは彼女を痴漢から救ってくれたことらしいね。格好よかったって言っていたよ。不安な日々を過ごす中、君にとても支えられているとも」

彼女の本音に、僕は「そんなことないです」と言って下を向く。

「ミカには、兄さんが死んでからの五年を、彼女自身が事故にあい治療をしていたと思わせている。今の彼女は、後遺症の恐怖はあるけれど、兄さんを忘れて君との未来を望み始めている」

喉の奥が掴まれ、緩んでいる熱い顔を上げることが出来ない。

かちりと金属音が聞こえ、タバコの臭いがしたあと羽鳥医師の言葉が続いた。

「今はコンクールに出す作品の制作が大変だから、寂しいのを我慢して待っている。君を想うだけで心が強くなれる気がするんだと、とても綺麗な笑顔で喋ったよ。そのときのミカは、兄さんが事故にあう前に戻ったみたいだった」

彼女の言葉が嬉しくて両目から水がこぼれそうだったけれど、奥歯をぐっと噛んで首をもたげる。白い煙の向こう、真剣な顔をしている彼が言った。

「だから、今の彼女には君が必要なんだよ。君が居れば、心の傷は治っていくと思う」

羽鳥医師はタバコの火を消し、両目をとても細くして続けた。

「両親と僕は、兄さんのことで、ミカがもう幸せになれないんじゃないかと心配していた。でも、君がこれからも一緒に居てくれるなら、彼女は幸せになれるだろう」

「……本当に、僕が、彼女を幸せに出来るんでしょうか?」

僕の質問に、彼は両目を見開いたあと、細めて言った。

「……出来るよ。僕が、保証する」

*

「出来た……」

今日も実習室でひとり居残っていた僕は、そう呟いたあと、完成した作品を前にしばらくの間立ち尽くした。

二週間、毎日向かい続けたキャンバス。少し前に夢で見た、柔らかい日差しが降り注ぐ庭。色とりどりの花達と若い緑が溢れる空間に、華奢な背中を向けた人物がいる。

ミカさんをイメージした絵が、今、目の前にあった。

キャンバスを見つめていた僕は、終電の時間が迫っていることに気が付いて、慌てて大学を出る。外に出ると、吐く息は真っ白だ。いつもは疲労しか感じなくて、寒さを噛みしめながら足早に進むだけの帰り道が、今日は全く違っていた。

まとわり付く寒さを自分の熱で溶かし、ふわふわと歩きながら、はやる気持ちを抑え切れずに携帯を取り出す。リダイヤルを押すと、すぐに愛しい人の声が聞こえた。

『もしもし』

「ごめんなさい、まだ起きてましたか?」

『うん、大丈夫だよ』

小さいけれど耳に響く、心地のいいミカさんの声を聞いて、無性に嬉しくなった。

「あの、作品が完成しました」

『本当？　おめでとう、よかったね！』

ミカさんの嬉しそうな声が聞こえてきて、それが嬉しくて、僕のテンションはますます上がる。

「ありがとうございます。だから、明後日のクリスマスイヴ、夕方からになりますけど大丈夫ですよ」

『うん、平日だから私仕事だけど、夜からは一緒に居ようね。ごちそう作るからね』

「イルミネーションとか、見に行かなくていいんですか？」

『そんなのいいよ、一緒に居られるだけで』

彼女の言葉を聞いて、僕の顔はかなりにやけて気持ち悪いものになっていたのだろう。ちょうど横を通ったサラリーマンが、不気味そうにこっちを見ていた。

『どうかした？　……えっと、……正直君』

「あっ、いえっ。じゃあ楽しみにしてますね。僕も、朝から夕方まではバイトなんで」

『……バイトって？』

「いつものコンビニですよ。クリスマスだし、ケーキを売るから強制出勤って言われたんです」

制作で忙しくなってから長い間休んでいたのだから、クビにされなかっただけでありがたい。

『正直君……、バイト……、コンビニで……してた？』

聞こえてくるミカさんの小さな声に、僕の横を通り過ぎた、酔っぱらって声が大きくなっている大学生だろう集団のうるさい声が重なる。

「すいません、今、周りがうるさくて、もう一回言ってもらっていいですか？」

『……正直君、私は、大丈夫だから』

「ミカさん？」

そこまで話したとき、ちょうど駅に着いた。終電の電車がホームに到着することを知らせるアナウンスが流れている。

「じゃあ、明後日《あさって》、楽しみにしてますね。また連絡します」

『……うん。……正直君、おやすみ』

電話を切って急いで電車に乗っても、自分でも分かるくらい僕の顔は緩んでいた。

家に帰ってからも、作品が出来たこととクリスマスにミカさんと一緒に過ごせることが嬉しくて興奮してしまい、なかなか眠りにつくことが出来ない。

意識をやっと手放せたとき、瞼の裏の黒い視界が、がらりと変わった。

いつもより狭い視界に、鮮やかな赤紫がどこまでも広がっている。

やがて、左右から明るい青が赤紫の世界に広がり出した。次に、目が痛くなりそうな黄色が同じように真ん中からひと筋流れるように現れる。

その三色が重なり合い、混ざり、くるくると色は回り出し、最後は一色にまとまった。何色にも侵されず、暗い灰色の世界が、どこまでも、どこまでも、ただ、限りなく僕の視界を支配していた。

シュールな夢から目を覚ますと昼近くだった。

「……減法《げんぽう》混色」

寝癖だらけの頭で洗面所に立ち、ふと思い出す。

減法混色は、色彩学で習った色の作り方だ。ダークグレーの色を作るとき、黒と白を使わずに、赤、青、黄の三色を混ぜて作る。その色は、暗灰色と言う。

……なんで、あんな夢を見たんだろうか？

そんな疑問も、歯を磨いて身支度を整えているとどこかに消えてしまった。

久々に服装に気合いを入れて、上京してから二度目のおしゃれな人間が集《つど》う駅に降りる。人で溢れる買い物に特化した街に着くと、クリスマスイヴの前日で祝日ということもあり、カップルばっかりだった。どこから湧いてくるのか不思議なくらい人、人、人で、ぶつからないように歩くだけでひと苦労だ。

なんとか人の波に乗りながら、この街の象徴であるファッションビルにたどり着く。入口に入ると、ビルの中は外よりも人口密度が高かった。人の熱気で、冬なのに汗がにじんでくる。人混みに揉《も》まれ、店員さんに聞きながらなんとか目当ての売り場までたどり着けた。

売り場はほとんどがカップルのお客さんで埋め尽くされ、商品が入っているショウケースを覗くことも困難だ。

「お決まりの商品がありましたら、お出ししますよ」

やっとショウケースの前まで来た僕に、店員のお姉さんが話しかけてくる。

「……あっ、はい……」

「どのような商品をお探しですか？」

明らかに挙動不審になっている僕に、お姉さんは笑顔で接客してくれる。

「彼女さんへのプレゼントですか？」

「……はっ、はい……。……あのっ、こういうところで買い物するの初めてなんで、教えてもらってもいいですか？」

恥ずかしかったけれど、正直に少ない予算を伝えて、どんなものがいいかを聞いた。

お姉さんは嫌な顔ひとつせずに、何点かの商品をショウケースの上に並べてくれる。

「……あ、これにします」

小さいけれどキラキラ輝く透明の石が真ん中に付いている、彼女が好きな花のモチーフが付いた指輪を選んだ。サイズは手を繋いだ記憶でなんとかなった。

「きっと喜んでくれますよ」

お姉さんは笑顔でそう言い、綺麗にラッピングされた商品が入った、小さなつるりとした赤い紙袋を手渡してくれる。僕はお礼を言い、頭を下げて売り場をあとにした。

また人混みに紛れて自分の家に帰ったときには、かなりクタクタになっていた。

「……あーっ、……疲れた」

万年床の固い布団に寝転がり、小さな紙袋を大事に手に取り眺めた。

「……喜んでくれるといいんだけど」

生まれて初めての、女の子へのクリスマスプレゼント。指輪を買ったのも初めてだ。疲れたけれど、彼女の喜ぶ顔を想像すると全然苦じゃない。多分、かなり気持ちの悪い顔でミカさんの笑顔を思い浮かべていると、携帯の着信音が聞こえた。

僕は紙袋を丁寧に床に置いて電話に出る。

「……はい、分かりました。じゃあ、二十六日の昼に大学に持っていきますね」

電話は、いつも厳しい教授からだった。

『すまないね、こっちの都合に合わせてもらって』

教授は先週から、奥さんとパリに海外旅行に行っていた。

『家内がどうしてもこっちでクリスマスを過ごしたいって聞かなかったんだ。作品はちゃんと二十七日の締め切り日までに提出するからね』

「はい、わざわざパリからお電話頂いて、僕こそすいません」

『作品も完成したことだし、よいクリスマスを』

「はい、先生も」

教授の声が浮かれているなと思い、電話を切ると、またすぐに着信音が部屋に響く。

「いやー助かったよ。ありがとう、宇野君」

相変わらずたぷたぷしたお腹の店長が、僕に頭を大げさに下げてきた。

「こっちこそ長い間休ませてもらって、迷惑おかけしました」

「いいんだよ、宇野君はいつも真面目だし、仕事もちゃんとしてくれるから。それに比べて……」

店長は今日休んだバイトの子の愚痴をぶつぶつ言い始める。僕はその横で一旦中断したモップがけを始めた。急で悪いけど夕方からバイトに入ってくれと頼まれて、僕は今、コンビニで働いていた。

慣れない買い物をしてかなり疲れていたけれど、今日のプレゼント代を考えると選択の余地はなかった。

「う〜の〜くん！」

突然うしろから抱き付いてきた相手が誰なのか、僕は顔を見なくても当てることが出来た。さりげないくらいに、いつもつけている男物の香水の匂いがしたから。

「もう、連絡全然くれないし！　俺のこと、もうどうでもよくなったの？」

「安本《やすもと》君！　早く着替えてきなさい！」

両目を吊り上げている店長を無視し、僕の正面に回ったヤスは、じっと僕の顔を見てきた。

「……なんだよ？　なんか、ついてる？」

「……宇野君、女の子紹介してほしかったら、いつでも言ってね」

言葉を返す前に、店長が僕らに近付き、ヤスはさっさとバックヤードへと向かった。

「ヤス、さっきの、女の子紹介するってどういう意味？」

店長と交代でヤスが入り、ふたりで棚にお菓子を並べているときに僕は聞いた。

「……どういうって、……あ、ポテチ新しい味出てるよ。まずそー」

スナック菓子を並べながら、ヤスは明らかに話を逸らした。僕が顔を覗きこむと、ふうっと息を吐いてから重そうに口を開く。

「……だって、宇野君、彼女に振られたんだろ？」

そう言って、哀れみの目でヤスが僕を見ている。

「……はっ？　僕が？　なんで？」

「へ？　じゃあ、別れてないの？　ソースさんと」

「は？　なんで？　別れてないけど」

ヤスは目を丸く開いて、明らかにとても驚いている顔をする。

「じゃあ、ソースさん、ふた股かけてんのか？」

そう言ったあとで、ヤスはすぐにしまったという顔をした。予想もしていなかった言葉に、僕の頭は真っ白になりかけた。でも、それはもう少しあとだ。

「……ヤス、何を知っているか、話してもらおうか？」

慌てて逃げようとしたヤスの首根っこを、強い力で押さえる。事実をちゃんと確かめなければいけない僕は、口を開こうとしないヤスに執拗《しつよう》に詰め寄った。

「……ソースさん、店で暴れた日があっただろ？」

ヤスはしどろもどろになりながらも、観念して話し始める。

「……次の日から、また、ソースを買いに来るようになったんだ。……男と、一緒に」

ドクンと心臓が大きく飛び跳ね、コンビニの店内は熱いぐらいに暖房が効いているのに、頭から冷水をかけられたような錯覚を覚える。

「最近……毎日来てるんだよ。……仲よさそうに手とか繋いで」

心臓の音がどんどん大きくなっていくのが分かった。

「……なあ、ヤス」

「ん？」

申し訳なさそうな顔をしているヤスに、一旦口を閉じてから開いた。

「……その男って、どんな奴だった？」

＊

「こら、宇野君！　何ぼーっとしてんの？　暇なら商品整理しに行って」

「……はい」

トナカイの角を頭につけている店長にたしなめられ、ふらふらとレジを出て、目に痛いほど色が溢れている商品の棚に近付いていく。

今日は十二月二十四日、クリスマスイヴ。ごちそうとケーキを食べて、翌朝、目が覚めると枕元にプレゼントが置いてある楽しい日だ。そんな日に、僕は朝からコンビニのバイトに来て、一睡もしていない疲れた顔をした最低の店員として働いている。

今日は店に流れる音楽もクリスマスソング一色で、普段真面目な店長でさえトナカイになってしまうそんな楽しい日なのに、僕の心は昨日から晴れないままだ。

その原因は、昨日、ヤスに自分の知らない彼女の話を聞いたからだった。

ここ最近、僕と会っていない間、ミカさんは毎日コンビニに来ていた。見知らぬ男と一緒に、手を繋いで仲よさそうに。

僕が作品に夢中になっている間に、彼女は僕を裏切っていたんだろうか。昨日はその現場に遭遇しなかったので、ヤスは自分の勘違いだと慰めてくれた。けれど、一度取り憑かれてしまった黒い考えは消えることなく、どんどん頭の中で大きくなっていって、出口のないことをぐるぐると考えているうちに世界は朝になっていたのだ。

「宇野君！　あくび!!」

「……あ、……すいません」

「しんどそうだから、少し早いけど上がっていいよ。昨日、無理聞いてくれたしね。あと、これ持って帰りなさい」

そう言いながら、店長は大きなクリスマスケーキをくれた。

「メリークリスマス！　いいクリスマスを!!」

いつの間にか赤くて丸い鼻までつけた店長は、満面の笑みで言ってくれた。それに苦笑いを返してから着替えを済ますと、コンビニを出てすぐに、僕はミカさんに電話をかける。彼女は、電話に出なかった。

何度かけ直しても発信音が虚しく耳元で鳴り響くだけ。最悪の展開が頭をよぎる。黒い考えを消すために、いつもよりさらに回らない頭を大きく左右に振っていると、短い電子音が聞こえた。慌てて携帯を確認すると二時間ほど前の受信メールがあった。

『今、料理を作ってるよ。
バイトが終わったら、そのまま家に来て。
ごちそうだから期待しててね』

明るい声が聞こえてきそうな、ミカさんからのメールだった。

僕はほっと息を吐き、彼女からもらったマフラーを締め直し、黒い考えを隅に追いやってからミカさんの家までの道を歩き始めた。

もし本当にふた股をかけられていたとしても、それでも彼女と別れたくない。それが、ひと晩寝ずに考えて僕が出した結論だった。

ミカさんが僕にどんなひどいことをしようが、壊れていようが、どんなことでも受け入れよう。ただ、僕は彼女のそばに居られるだけで、笑顔を見せてもらえるだけで幸せなんだから。そう自分に言い聞かせながら、ミカさんの家へ急いだ。

久しぶりに訪れたマンションの階段を上りながら、プレゼントを受け取ったときの彼女の顔を想像したら、暗かった気持ちが急にワクワクしたものに変わった。

部屋の前に着き、ケーキの箱を下に置いて、鞄から小さな紙袋をそっと取り出す。

出迎えてくれた瞬間に渡そうと、ドキドキしながら片手に袋を持って、久しぶりに会えるミカさんの顔を思い描きながらインターホンのボタンを押した。

少し間が空いたあと、ドアが開かれる。

「……メリークリスマス!!」

僕はそう言いながらミカさんに抱き付く。久しぶりの柔らかい感触を両腕の中に感じて、懐かしい甘い香りを強く吸いこんだ瞬間、思い切り突き飛ばされた。

「……あなた、誰ですか?」

目の前に居る一ヵ月ぶりに会ったミカさんは、そう言って僕を怯《おび》えた目で見ている。

「……ミカ……さん?」

その様子は、冗談を言っているようには見えなかった。

「……しーちゃん、しーちゃん!」

そう言いながら彼女は背中を向けて、部屋の奥へと消える。僕は、今、目の前で起こっていることが理解出来ずに、かちんと全身固まってしまう。

すると、少ししてから、大きな人影に隠れてミカさんが玄関に戻ってきた。

「あなた、誰ですか?」

僕を怪訝《けげん》そうに見て声をかけてきた人物が、ヤスが言っていた男だとすぐに分かった。ダボっとした赤いチェックのシャツ、ブルージーンズ、黒縁の眼鏡、ボサボサの髪。白衣やスーツのときと、今日は、全く雰囲気が違っている。

「警察呼びますよ、出ていってください」

僕をまっすぐ見る彼の顔は、勝ち誇ったような笑顔を浮かべていた。


寝て起きたら全部が夢だったんじゃないかと思ったけれど、枕元に自分で買った彼女へのプレゼントがあったので、かすかな希望は簡単に砕かれた。

重たい頭をなんとか起こして、今しなければいけないことを自分に聞いてみる。目を背けて現実を否定して、このまま布団にくるまっていたかったけれど、それは出来ない。なら、起きていることを全て知らないと、これからのことは考えられなかった。

答えが出てすぐに、携帯のインターネット画面を開いて、検索で出てきた番号に電話をかける。自分の名前を言ってから、今、一番憎い相手の名前を口にして、今日すぐに会いたいことを伝えた。

少し待たされたあとで時間を指定され、僕はそれに合わせて風呂に入り、身支度を整えて家を出る。


「こちらでお待ちください」

案内してくれた看護師さんに促され、僕はひとり扉の中に入る。

彼女とふたりで来たときは診察室だったけれど、今日は違う部屋に通された。大きめのソファにタバコと灰皿が置かれた低いテーブル、パソコンが乗った机が置かれ、ソファに毛布があるので仮眠室なのかもしれない。

外は曇っていて、ブラインドは開いているのにこの空間はとても薄暗い。窓のすぐそばに置かれた机の上、ひとつだけ写真立てが置かれているのに気付く。近付き、それを眺めていると、昨日の出来事をなんとなく理解することが出来た。

「……遅れてすまない、待たせてしまったかい？」

ドアが開き、昨日とは違い、今日は白衣を着たこの部屋の主が颯爽《さっそう》と現れた。

「いいえ、大丈夫ですよ」

僕は必死で、怒りの感情を抑え付けて言葉を返す。

「そんなところに立ってないで、こっちに……」

彼の整った顔をちゃんと見た途端に、僕の感情は一気に溢れてしまったらしい。

気が付くと、羽鳥医師はその場に仰向けになって倒れていた。僕はじんじんする右手をだらんと伸ばし、彼のそばに立ち見下ろす。

「……なんで、抵抗しないんですか？」

「する訳ないだろう？　僕も、今の君の立場なら同じことをするだろう」

僕に思い切り殴られた左頬を、赤くしている彼が両目を細めて言った。

「もういいのかい？　僕は、どれだけやられても構わないよ？」

「……彼女を、僕から奪った、償いのつもりですか？」

羽鳥医師はにやっと笑ったあと、床から立ち上がり、僕の横をすり抜けてソファに深く身を沈める。

「今日は、僕を殴りたくて、ここに来たの？」

彼はそう言いながらタバコに火をつけ、僕は嫌悪しか感じないその煙を挟んで正面に立つ。

「本当のことを、聞こうと思って」

羽鳥医師の右眉毛が一瞬動く。

「本当のことは、この間、話したよ」

「違うでしょう？　まだ何かあるはずです。でないと、昨日みたいなこと起こるはずないでしょう？」

僕がそう言ったあと、彼は大声で笑い出した。

「君は、本当に頭がいいね。でも、聞いたところでどうするんだい？」

ひとしきり笑ったあと、羽鳥医師はとても楽しそうに聞いてきた。浮かべている表情はいつもの芝居染みたモノではなく、感情がそのまま表れているように思えた。

「どうもしません。本当のことが知りたいんです」

「本当のことを話せば、僕は君に殺されるかもしれない」

「大丈夫ですよ、今でも十分殺したいですから」

僕らはお互い顔を見合ったまま、しばらく口を開かなかった。

「安心してください、殺しませんよ。あなたが死んだら、あなたをお兄さんと思っているミカさんは、また、壊れてしまうんでしょ？」

僕は、言いたくもない現実を口から吐いた。

「本当に、美大生にしておくにはもったいないよ。今からでも医大に来たらいいのに」

羽鳥医師はそう言って、また楽しそうに笑う。

「今、ミカさんはあなたのモノだ。だからせめて、……本当のことを聞かせろよ！」

正面の顔をもう一度殴る代わりに、僕は大きな声を上げた。

「僕から、最初にミカを奪ったのは兄さんだった」

彼は顔を歪めて、煙とともに言葉を吐いた。

「ミカを最初に好きになったのは僕なのに、兄さんはずるい。ミカとすぐ仲よくなってしまった。どんな想いで僕がふたりを見ていたか、兄さんは分かってなかったんだ」

いつもの芝居がかった穏やかな口調ではなく、子供のような話し方で、羽鳥医師は言葉を吐き出していく。

「ずっと、ミカが好きだった。初めて会ったときからずっと、今でも、彼女以外は好きになれない。やっと……、やあっと……、やあああっとおぉっ！」

生まれて初めて聞く、けもののようなヒトの声を部屋に響かせ、彼は火がついていただろうタバコを握り潰した。

そして、僕の前に立ち、瞳孔《どうこう》が開いた顔を思い切り近付けてきた。

「ミカは、僕のモノだあっ!!　ザマーミロ!!」

＊

僕に向けているだろう声と顔は、血走り焦点の合っていない瞳のせいか、とても近くにあるのに遠くにあるように思えた。

「全部教えてやるよ。ミカが、昔からずっと僕のモノだったってこと」

彼は、にやりと笑みを浮かべ、彼しか知らない物語を語り始める。

隣に住んでいる四歳年下のミカは、中学に入ってさらに綺麗になった。

今日は、僕の部屋でふたりきりでビデオを見ていたら、ミカが唐突に話があると言い出した。

「ねえ、絶対誰にも言わないでね。私……」

顔を真っ赤にしながらもじもじしていたそのときのミカは、本当にかわいかった。

「しーちゃんのことが好きなの」

そのとき、彼女が隣に越してきた三年前からの、僕の恋心は木っ端みじんにされた。

しーちゃんこと羽鳥正一《しょういち》は僕の三歳年上の兄で、ミカは昔から兄さんのあとを子犬みたいについて回っていた。

「僕のほうが格好いいんだから、兄さんより僕にしときなよ」

兄さんは誰にでも優しくて親切だった。でも、長所はそれくらいで、頭も顔も普通の、冴《さ》えないどこにでもいる大学生だ。僕は自分で言うことじゃないだろうけれど、顔も頭もいいし、女の子にもモテる。兄さんより優っている。

「年だって、僕のほうがミカに近いし、兄さんとミカだったら年が離れすぎだよ」

「正一君は、格好よくて、頭もよくて、スポーツも出来て、女の子にすごくモテから、私じゃなくてもいいと思う」

僕のことは正二君、兄さんのことはしーちゃんと呼ぶミカは、「でもね」と言って桃色に染めた頬で続けた。

「しーちゃんは、モテないから、私がお嫁さんになってあげるの」

僕の必死の説得など意味はなく、ミカの気持ちは揺るがないものなんだと分かった。

『それは間違ってるよ、僕は君が居れば他の女なんてどうでもいいんだ』

そう、僕は言い返せなかった。だって、中学に入ってからのミカは、兄さんと居るときだけ女の顔になっていたのだ。

「……兄さん、……ミカは、兄さんが好きなんだよ」

「へー、そりゃ嬉しいなあ」

僕が、どんな気持ちで言ったかも知らずに、黒縁眼鏡の奥の目を細め兄さんは笑う。

僕は、物心付いたときから、兄さんのことがあまり好きじゃなかった。

小さいころから、周りや両親が兄さんより僕を褒めるとき、彼はニコニコしていつもこう言うのだ。

『正二はすごいね、俺の自慢の弟だよ』

競争心とか嫉妬《しっと》とか、そういう醜い感情とまるで無縁の兄さんを見ているとイライラした。性格も見た目も、僕ら兄弟は全く似ていなかった。僕はなんでも兄さんより優《まさ》っていたけれど、ミカのことだけは別だった。

ミカは僕のことなんか全く眼中になく、兄さんのことをただ一途に想い続けている。

そのころの兄さんは、七歳年下のミカのことを恋愛対象に見ていない様子で、それだけが救いだった。

「兄さんはミカのこと、妹にしか思ってない。告白したら絶対に気まずくなるだけだ」

僕はミカから兄さんのことを相談されるたびにそう言い続けていた。純粋なミカはそれを信じて、兄さんに想いを告《つ》げることはなかった。

そんなとき、兄さんに初めて彼女が出来る。同じ大学の女の子の強引なアプローチに負けたらしい。ミカはかなりショックを受けた。だから、告白してきた同級生と当て付けのように付き合い始める。

しかし、兄さんもミカも、お互い付き合いは長くは続かなかった。そんなことがあったからか、ふたりは前ほどあまり顔を合わせることがなくなり、月日が流れる。

その様子に安心しきっていたとき、高校生になったミカは僕になんの相談もなしに、ついに兄さんに告白してしまう。

「今まで、色々相談に乗ってくれてありがとう」

ミカは満面の笑みを浮かべて僕に報告してきた。

「しーちゃんに振られないと、前に進めないと思ったの。でも、同じ気持ちだったなんて。……両想いだなんて夢みたい」

そのときの笑顔は、僕が見てきたミカの表情で一番かわいくて綺麗だった。「おめでとう」と言葉を吐くだけで、そのときの僕は精一杯だった。

その日の夜、生まれて初めての強い敗北感に苛《さいな》まれ、僕は布団の中で声を殺して泣いた。そんな僕の気持ちなど知らず、ふたりは完璧な恋人同士となり、入りこむ余地など全くない関係を築いていく。

それを目の当たりにして、僕は日に日に兄さんに対する嫉妬を膨らませ、ミカへの叶わない想いを募らせ、頭がおかしくなりそうな日々を過ごした。

耐え切れなくなった僕は、実家からそんなに遠くなかった大学の近くにマンションを借りて、ひとり暮らしを始める。なるべく実家には近付かず、ふたりの姿を見ないようにした。


そうして四年が経ち、僕が大学を卒業する年にミカのお婆さんが死んだ。

葬儀に出るため、僕は本当に久しぶりに実家に帰った。

「正二君、来てくれてありがとう」

大学生になっていたミカは心労でやつれていたが、僕が家を出たころよりますます綺麗に成長していて驚かされた。

「正二、忙しい中、来てくれてありがとう」

兄さんは、そんなミカの隣に当たり前みたいに立って言う。目の前に居るふたりの姿を見ているだけで、僕が居ない間も、穏やかに時間を重ねていたことが分かる。

僕は、四年の間、言い寄ってきた何人かの女と付き合って、それなりに健全な恋愛を楽しんだ。ミカが相手ではなくても僕は大丈夫なんだと、ふたりから離れて年を重ねた自分の中に想いはもうなくなったと思っていた。

でも、それは僕の勘違いだった。ふたりの姿を少し見ただけで、想いが簡単に溢れ出していた。その、再び火がついた強い想いに、油を注いだのは兄さんだ。

葬式のあと、実家の自分の部屋でタバコを吸っていたら、兄さんがノックをして部屋に入ってきた。学習机の椅子に座る僕の向かいのベッドに腰かけて、体に悪いぞと小さく言う。構わずに肺に白い煙を大きく吸いこみ、灰皿にタバコを押し付ける。

「正二、ちょっと、話をしてもいいか？」

そのときの兄さんは、とても疲れた様子だった。

お婆さんが死んでから悲しみに暮れているミカに代わり、葬式や全てのあと処理をしていたからだろう。同情心など欠片《かけら》も湧いてこなかった。

「正二、本当に、俺が、ミカを幸せに出来ると思うか？」

目を伏せて兄さんは言い、その言葉も、態度も、全てが僕をとてもイラつかせる。

「……出来るよ。僕が、保証する」

今日のふたりの様子だけでなく、ずっと、ふたりを見ていた僕はそう返した。

「ありがとう。ミカの深い悲しみを、俺が埋めてあげられるのかときどき弱気に……」

「そんなうじうじしているなら……。……じゃあ、僕にミカをくれよ。僕が兄さんよりミカを幸せにするから！」

言葉を遮りいきなり大きな声を出した僕を、兄さんは目を大きく見開いて見ている。

「僕は兄さんより全部優れているし、ミカのこと、出会ったときからずっと好きだったんだ！　僕のほうが絶対幸せに出来る！」

長年の想いをぶちまけたあと、少しして、

「確かに、正二のほうが幸せに出来るかもしれない」

そう返してきた兄さんは、笑みを浮かべず続けた。

「でも、ミカは俺のものだ。誰にも譲れない」

黒縁眼鏡のレンズ越し、強い意志を感じる両の瞳に捕らわれて、僕は口を開くことが出来なかった。

「正二がミカをずっと好きなのは知ってる。だから、ずっと謝ろうと思ってた」

……なんだよ。そんな謝罪やめろよ、みじめになるだけだから。

「俺も、ひと目見たときからミカが好きだったんだ」

……ほら最悪だ。嘘吐き、妹にしか見てないって言っていたくせに。

「お婆さんの四十九日が終わったら、ミカと一緒に暮らそうと思う。正二より劣っている俺だけれど、一緒に居ることしか出来ないけど、ミカが大学を卒業したら結婚しようと思う」

誰にでも優しくて親切だけが取り柄だった兄さんは、僕の知らない間に、愛する人を守る強さを身につけていた。それに比べて、僕はふたりから離れていた時間、自分の中にあった醜い想いに捕まらないように無様《ぶざま》に逃げ回っていただけだ。

「祝福してくれるよな？」

笑みを浮かべる兄さんは、僕に残酷な質問をする。その顔を見ていると、僕の頭と胸の中からぷちんと弾《はじ》けた音がして、両方に感じていた痛みが消えたのを感じた。

「もちろんだよ。僕のぶんも、ミカを幸せにしてくれよ」

目の前の盗人に対して我慢は不要、そう思うと、心にもない言葉を笑顔で吐けた。

……最初から、兄さんさえ居なければよかったんだ。

……あんたが居るから、僕はこんな苦しい想いをするんだ。

……兄さんが居なければ、ミカは僕のモノだったんだ。

……だって、彼女を幸せにしてあげられるのは僕だけなんだから。

……そうだ、ミカはそのことを分かっていないだけなんだ。

教えてあげるよ、ミカ、君に一番ふさわしいのは僕だってことを。

葬式の日の深夜、外はどしゃ降りの雨だった。僕は傘も差さずに、興奮しながらびしょ濡れになってミカの家に向かう。

兄さんから拝借した合鍵で、電気のついていない広い家に入る。昼間、慰問客でごった返していた光景が嘘のようにしんと静まり返り、激しい雨の音だけが響いていた。

そんな空間の中で、僕は愛しい人の呼吸に耳を澄ませる。

小さな音を頼りに軽やかに進んでいくと、リビングの横の和室にある祭壇の前に、喪服姿のままでミカがうずくまって静かな寝息を立てていた。

彼女の顔に自分の顔を近付けると、雨粒がひとつ、柔らかな頬に落ちる。相当疲れているのだろう。ミカは起きることなく、代わらず寝息を立てている。

「ミカ、これからは僕がずっと一緒に居て、幸せにしてあげるよ」

頬の甘い水滴を舐《な》め、魔法の呪文を唱えると、眠りから覚めたミカは目を薄く開く。

「……しーちゃん？　来てたの？」

名前を呼んだ人物と違うと分かり、そんな少し抜けたところもかわいいミカは、目を大きく見開いた。

「……正二君？　……どうして、ここに居……」

僕は、「今まで待たせてごめん」と言い、気持ちを表すようミカをきつく抱きしめる。

「……いやっ！　やめてっ!!」

珍しく固くて大きな声を上げ、怯《おび》えた目をしたミカが、僕を思い切り突き飛ばした。

……ごめん、いきなりだったからびっくりしたのかな？

部屋の隅に逃げる彼女を追い詰め、両腕を強く握り、力任せに押し倒す。仰向けに畳に転がった彼女の上に馬乗りになって、完全に動きを封じこめた。

……どうして逃げるんだい？

……どうして、そんな目で僕を見るんだい？

……僕は、君を幸せにするために、盗人の兄さんから君を取り戻しにきたんだよ？

「……やめて、……私は、こんなことされても、……しーちゃんしか愛せない」

凶悪な呪いがかかっているかわいそうなミカに、僕は、それを解く呪文をひと晩中かけ続けた。

雨がすっかり上がった翌朝、目を覚ますと兄さんの初めて見る顔があった。

左頬の強い痛みから、殴られて起きたのだと気付く。昨晩の僕がミカにしたように、兄さんは僕に馬乗りになっていて、上から拳を遠慮なく振り下ろした。

「……すぐに、消えろっ！　ミカに、二度と近付くな！　近付いたらお前を殺す!!」

僕の右頬も拳で殴ったあと、兄さんは唇を震わせながら言った。初めて見た、兄さんの怒りに震える取り乱した姿に、大きな笑い声を上げてしまった。この人も、僕と同じなんだなと嬉しかったからだ。

僕は、ミカの呪いが解けたのを確認することなく、ふたりの前から姿を消した。

そして、その日から半年も経たず、盗人で残酷な兄さんは当然の罰を受けた。

ミカを残して、死んでくれた。


兄さんの葬式のときには、ミカは完全に壊れていた。葬儀にも出席せずに、僕の実家の縁側でボンヤリ空を見ていた。誰が話しかけても反応はなくて、無機質な瞳で、どこか一点をずっと見ていた。

葬式から一週間後、ミカは入院することになる。体と脳に何も異常はないのに、彼女は植物状態になっていた。生きる意思がなくなってしまったんだろうと、父が悲しそうに言った。

僕は決まっていた大学病院の誘いを断って、ミカが入院している父の病院で研修医として働くことを決めた。そして、父の助手を兼ねてミカの担当医師となり、毎日一緒に居るようになった。

ミカは、ベッドにただ横たわり、綺麗な人形のようで眠りも喋りもしない。

ミカは、ふたつの無機質な瞳に、何も映さない。

ミカは、僕によって生かされていて、兄さんは、もう、この世のどこにも居ない。

……ミカ、だから、あの日ひと晩中言ったろう?

「ミカ、君は、ずっと僕だけのモノなんだよ」

第五章　ソース

「泥棒たちめっ、ザマーミロ!!　ミカは、ずっと僕だけのモノだっ!!」

彼の言っていた通り、彼を殺したくなる物語に、僕は口を開く。

「……狂ってる」

吐き気を飲みこんで言った言葉に、羽鳥医師の顔になった彼がほほ笑みを浮かべて言った。

「僕のどこが狂ってるんだい？　僕は、君や兄さんと一緒だよ？」

羽鳥正二の顔をした彼に醜く歪んだ笑み見せられ、かあっと全身が熱くなった。

「……あんなに、彼女を傷付けた。……最低なお前なんかと、一緒にするなっ！」

彼女が〝怖い〟と感じた行為をした目の前の奴に、もう一度掴みかかろうとした。

「一緒だよ。君は彼女を傷付けていた。だから、彼女の記憶から消したよ」

羽鳥医師の顔に戻った彼に、両手をかける前に言われた。

「彼女は、君が構ってくれなくて、落ちこみ傷付いていた。だから、僕は担当医として、彼女に有害だと判断した君の記憶を消したんだ」

彼の言葉に、少しして、僕は両腕をだらんと下に伸ばした。

「君の記憶は二週間ほどで消えたよ。兄さんの記憶を消すのには一年もかかったのに」

そう言って羽鳥医師は両目を線にし、僕は黙ったまま下を向いた。ミカさんの記憶の中に自分が居ないことがショックで、なんの言葉も返せない。

「君と兄さん、僕も、ミカに幸せになってほしいと思っている。彼女は、兄さんと君との悲しい記憶をなくし、兄さんがそばに居れば幸せになれるだろう」

「……あなたのお兄さんは、死んだんですよね」

「生きてるよ。僕が、今は兄さんなんだよ」

僕が顔を上げると、彼はポケットから見るからに古い型の携帯を取り出した。

「これを使ったら、僕は兄さんに変身出来るんだ。すごいだろう？」

子供みたいな笑顔で誇らしげに言ったあと、羽鳥医師は表情を硬くして続けた。

「父がミカに催眠治療を行うと言い出して、僕は強く反対した」

植物状態の患者と担当医師の関係を、彼は崩したくなかった。

しかし、そんな狂った真意を父親に言うことは出来ずに、治療は始まってしまう。

「あのときは、かなり焦ったよ。ミカが回復して僕から離れていくなんて、絶対に嫌だったからね」

ミカさんの治療が始まると、羽鳥医師の予想よりも経過はとても良好に進み、彼女の体も精神も急速に回復していく。

「だけど、僕は名案を思い付いた」

「これだ」と携帯を持ち上げ、笑みを浮かべた彼は信じられないことを語った。

「兄さんの携帯からミカに電話して、兄さんになりすまし、自分を忘れないでと彼女に電話をかけ続けた」

彼の思惑通り、その行為でミカさんは混乱し始め、順調だった治療は滞るようになり、彼女の記憶には不完全な形で愛しい人が居続けることになった。

「父にバレないように、彼女が社会復帰してからも、ころ合いを見計らって兄さんを忘れないように何度も電話をかけ続けた。日常生活に支障をきたさない程度に記憶を繋ぎとめておくことは、結構大変だったよ」

彼は得意げに語り、訳が分からない僕は漏らす。

「……なんで、そんな、……あんたも、彼女に、幸せになってほしいんだろ？」

「分からないかい？　兄さんを忘れなかったら、ミカは生きてる男に恋をすることは出来ないんだよ？」

「……なら、あんたを好きになることもないだろう？」

「そうだね、兄さんの記憶を消しても、ミカは僕のことを好きにならなかった。なら、兄さんに一生しばられてればいいんだよ。生きている男と恋愛されたらかなわないけれど、兄さんは、もう死んでるんだからね」

机の上に彼女へ呪いをかけていた道具をほうり、饒舌《じょうぜつ》に言葉を吐き続ける羽鳥医師の目は、ギラギラと不気味な光を放っている。彼の片想いは、歪み、ねじれて、カタチを変えた願望に変わった。その願いが叶い、その弊害が出ていた彼女を、僕は半年間見せつけられていたのだ。

「……ミカさんがソースを買いに来ていたのは、……あんたの、せいだったんだな」

抱えている病気を、夜をひとりで過ごすことを、あんなに怖がっていた彼女を作り出したのは、今、目の前に居る男だった。

「その話を聞いたとき、本当に嬉しかったよ。ミカは帰宅してから、兄さんが死んだ時間に、兄さんのためにソースを買いに、コンビニにわざわざ出かけていたんだ」

彼から語られた真実は、この世にある全ての汚い感情をグツグツ煮こんでぶちまけたみたいな話だった。聞いていると怒りを通りこし、頭がおかしくなりそうだ。

「そんな風に、何もかもがうまくいっていたのに」

顔を、体を、正面から近付けられ、僕はずるずるとうしろに下がっていく。

「君が現れてしまった」

僕は背中が壁につき、どんっと、顔近くに拳を打ち付けられた。

「なんにも持ってないただのガキのくせに、ちょっとした偶然からヒーロー気取りで、僕からあっさりミカを奪っていった」

今、僕の顔を覗きこんで話す彼は、初めて会ったときと同じヒトとは思えない。

「だから、君がとても傷付くように、ミカと別れさせる計画した。正直君、名前の通り、馬鹿で間抜けな奴で助かったよ。全て僕の思った通りに行動してくれた」

くすくすと、楽しそうに笑う羽鳥正二に、僕は新たな感情を抱き始めていた。

「ミカがうちに運ばれてから、僕が兄さんだと強く暗示をかけ、君の代わりに兄さんのふりをした僕が彼女と一緒に過ごした。それでもミカは毎日ソースを買いに行きたがり、ソースがあれば僕とずっと一緒に居られるからと言ってくれた。そんな、とてもかわいそうでかわいい彼女から、イヴの朝に君の記憶を全て消したよ」

気分が悪くなるだけの長い話を黙って聞き、握りしめている拳に爪が刺さって痛い。

「イヴの午後、君にメールを打ったのは僕だ。何も知らずに部屋を訪れ、事実に打ちのめされた君の絶望した顔は、本当に、とても素敵だったよ」

挑発されているのが分かるのに、僕はもう、彼に哀れみしか感じない。

「僕ら三人はみんな一緒だ、ミカが選んだか選んでいないか、それだけだ」

もう羽鳥医師の欠片《かけら》もない、叶《かな》わなかった想いを醜悪な塊にしてしまった悲しい羽鳥正二が続ける。

「どうしたんだい？　全て話したのに、僕を殴らないのかい？　殺さないのかい？」

薄笑いを浮かべる彼の瞳は、いつかの夢で見た色と驚くほど同じだった。本当の黒にはなれない、暗い灰色に染まった両目は表情のない僕の顔を映している。

「殴らなくても、あなたはもう十分傷付いてるでしょう。僕はあなたと違って、ミカさんに……」

「……分かった風な顔をするなっ!!　兄さんと同じ目で僕を見るな!!」

僕の胸倉を両手で掴み、強く壁に押し付けて、羽鳥正二は顔を下に向け大きく続けた。

「兄さんに似てるから、お前はミカのそばに居られたんだ!!　バーカっ!!　お前なんか……」

僕を罵倒《ばとう》する言葉が続く中、両目を閉じて、頭に先ほど見た机の上の写真立てを思い浮かべた。

幼いミカさんは中学生くらい、セーラー服姿で無邪気な笑みを浮かべている。隣の羽鳥医師は高校生くらいで、このころもとても格好いい。そのふたりのうしろに、昨日の羽鳥医師と同じ格好をした、僕とはちっとも似ていない羽鳥正一さんだろう男性が居た。

そして僕は、自分がミカさんにしてあげられることがなんなのか、今、やっと分かった。

「……ミカは、僕のモノなんだっ!!　これから、どちらかが死ぬまで!!」

そう叫ぶ、この狂った男から……彼女を救わなければいけない。

「……羽鳥先生、どうかしましたか？　入りますよ？」

ノックの音のあと扉が開き、看護師さんが部屋に入ってくる前に、羽鳥医師の顔に戻った彼は僕から離れた。

「大丈夫です、何もありませんよ。何かありましたか？」

「……お取りこみ中すみません。鈴木《すずき》さんが急に暴れ出して、先生を呼んでます」

看護師さんは、僕をちらりと見てから言った。

「分かりました。行きましょうか」

羽鳥医師は僕に背中を向けて、看護師さんと足早に部屋を出ていった。

扉が閉まり、薄暗い部屋にひとり残された僕は、両膝をすぐに固い床につけた。全身の力が一気に抜けたからだ。両目から水が止めどなく溢れ始め、僕はぐっと両目を閉じた。ぼやけた黒い視界に、僕が見てきたミカさんの色んな顔が再生されていく。最後に見た笑顔が見え、やっと涙が止まった。

濡れた視界を開き、がんがんする頭で立ち上がる。痛む頭の中は白ではなく、ダークグレーで、ふと机に目をやるとそこには魔法の道具が置かれていた。

僕は、迷うことなくそれを自分のコートのポケットに入れる。

「……安心してください。必ず助けますから」

机の上、写真立ての中に居る彼に向けて、僕はかすれている声ではっきり言った。

そのあと、一瞬、その人が自分に向けてほほ笑んでくれた気がした。

＊

外に出ると、雲に覆われた空の下、どこまでもぼんやりとした灰色が広がっていた。背が高く葉を落とした木々に囲まれた中庭は人気《ひとけ》がなく、僕はぽつんとひとりでベンチに腰かける。そして、先ほど手に入れた魔法の道具をポケットから取り出した。あちこち塗装が剥《は》げている古い携帯は、使ったことのない僕でも操作が出来るだろうかと思う。

すうっと大きく息を吸いこんでから、二つ折りの携帯を開く。固くなっている指で電源を入れて、電話帳を探すとすぐに見つけた。僕は、少ししてから電話をかける。

『もしもし、今日は、もうお仕事終わったの？　……しーちゃん？　聞こえてる？』

すぐに、彼女の明るい声が聞こえ、僕以外の男の名前を呼ぶ。

「……ミカさん、今、どこですか？」

『家に居るよ。なんで〝さん〟付けなの？　変なの』

声が震えないよう気を付けた僕に、そう言ってミカさんは小さく笑った。

ひとつ咳払いをし、僕は彼女にはっきり言った。

「ミカさん。僕は、宇野正直です。羽鳥正一さんじゃないです」

少しの沈黙のあとで、ミカさんの声が聞こえてくる。

『あの、失礼ですけど、どなたですか？　しーちゃんの同僚の方ですか？』

そう言われて、今まで全く感じていなかった寒さが一気に全身を支配した。

「僕は羽鳥正一さんとは、なんの関係もありません。……よく、思い出してください」

なんとか絞り出した、自分の声がとても冷たく聞こえる。

『……すみません、思い出せません。どうして、あなたが、しーちゃんの携帯から私に電話をかけてるんですか？』

少し困って首を傾げたミカさんを容易に想像出来た。

「思い出せないんじゃない。意図的に、忘れさせられているんです」

僕が機械みたいな声で言ったあと、不思議そうな声が聞こえる。

『……あなたのことを？　どうして？』

「僕のことだけじゃなくて、ミカさんは、羽鳥正一さんが亡くなっていることも、忘れさせられているんです」

とても冷たく感じる言葉を吐いたあと、しばらくして、笑い声が返ってきた。

『……イタズラにしては、悪質ですよ？』

明るい彼女の声に、いったん口を閉じ、しばらくしてから再び開いた。

「イタズラじゃなくて、僕が言っていることは真実です。五年前、羽鳥正一さんはコンビニに行く途中で事故にあって亡くなっています」

『いい加減にしないと、怒りますよ。しーちゃんは生きてます。今日だって、朝まで一緒に居ました』

少し怒ったような口調になったミカさんに、僕は白い息とともに言った。

「……その人は、本当に羽鳥正一さんでしたか？」

『何言ってるんですか？　ちゃんとしーちゃんですよ』

「……じゃあ、朝ご飯、彼は食べていきましたか？」

『食べましたけど？』

「……卵、食べました？」

『はい、目玉焼き食べていきましたけど、……あの、あなた、なんなんですか？』

彼女の呆れた声に、今、本当に彼女の中に自分が居ないと分かり、続けた。

「……目玉焼きには、ソースをかけて食べてましたか？」

『もちろん、かけて……あれ……？　……ソース、……かけてなかった……』

ミカさんの声は、最後はとても小さくなり、僕はとても残酷な答えを代わりに言った。

「羽鳥正一さんなら、必ず、ソースをかけるはずですよね」

声は返ってこず、僕は質問を終えて言った。

「あなたは記憶を操作されているんです。羽鳥正二に」

ミカさんは黙ったままだったけれど、僕は話を続ける。

「あなたは五年前、羽鳥正一さんが亡くなったことで一度、壊れてしまったんです。そのとき、生きる気力を失ったあなたを治療するために、あなたの中から正一さんの記憶をなくしてしまったんです」

そこまで一気に言葉を吐いて、一度、呼吸を整えてから、僕は話を続ける。

「その治療とは別に、最近、羽鳥正二があなたの記憶を勝手に操作したんです。簡単には信じられないだろうし、無茶苦茶な話だって思います。でも、真実なんです」

全てのことを話したあと、ミカさんは電話を切らなかったけれど、ずっと無言のままだった。

「お願いします、僕の話を信じてください。今から、くわしい話をしにミカさんの家に行きますから、そのまま家に居てください」

返事はなかったが、僕は電話を切って立ち上がり、駅までの道を走り出した。

*

ミカさんと僕の出会い、一緒に過ごした日々、それら全てはこのときのためだったのかもしれない。自分が彼女に何か出来ることがあって、それは、僕にしか出来ないということが、本当に嬉しかった。

彼女と初めて手を繋いだときを思い出しながら、マンションまでの道のりを駅からずっと走ってきた僕の息は、かなり上がっていた。

肩で息をしながら、今日はエレベーターで着いた部屋の前に立ち、迷うことなくインターフォンを押す。しかし反応はなく、今度は自分の携帯でミカさんへ電話をした。彼女を傷付けていた男と同じ行為を、もう、したくなかったからだ。

数回の呼び出し音のあと、僕は、自分でも分かるほど固い声を上げた。

「……もしもし、ミカさん？　今どこですか？」

通話状態にはなっているが、ミカさんの声は携帯から聞こえてこなかった。

「……もしもし？　……もしもし？」

彼女の声は聞こえず、なぜか地面に雨粒が落ちるような音がかすかに聞こえてくる。

携帯を耳に当てたまま、廊下の窓から外の様子を窺う。空はもう黒いベールに覆われていて小さな星がぽつぽつと瞬《またた》き、雨粒は降らせていなかった。なのに、小さな水音が、彼女の声の代わりに絶え間なく聞こえていて、耳鳴りのように鼓膜に張り付いてくる。

「……ミカさん？　居るんですか？」

僕は携帯を耳に当てたまま、空いている片手で扉を叩いた。声をかけながら扉を何回か手のひらで叩いたけれど、反応は返ってこなかった。

病院からここまで来るのに三十分ほどしか経っていないし、今、雨が降っている場所まで、彼女が移動しているのも考えにくかった。それに、携帯からは、小さな水音以外に音が聞こえてこない。

開かない扉の前でこれからどうするか迷っていると、僕の頭の中にドラマで見たことのある場面が浮かんできた。風呂場の浴槽《よくそう》にたまった真っ赤な水に蛇口から出てくる水が足され、溢れて排水溝に流れていくシーンだ。

携帯をポケットに入れ、僕は慌ててドアノブに手をかける。鍵がかかっていない。どんどんと鳴る心臓の音を感じながら、ゆっくりと扉を引いた。

「……ミカさん、居るんですか？　入りますよ？」

中は電気がついておらず、真っ暗な玄関から見えない部屋の奥に声を上げた。

暗闇から返事はなく、僕は玄関の電気をつけてすぐに気が付いた。

……なんだ？　この臭い？

頻繁にここに来ていたときにはかいだことのない臭いが、とても強く僕の鼻をつく。この部屋以外で、かいだことがある臭いの気がした。でも、すぐに思い出せず、とりあえず僕は靴を脱いで部屋に上がる。廊下の電気をつけてお風呂場に向かう。脱衣所に入り、浴室の電気をつけて中を見た。

そこには、……想像していたものは何もなかった。

白い浴槽は空っぽで水滴は一滴もなかった。拍子抜けした僕は、お風呂場をあとにして廊下に戻る。そこでやっと、水音が、リビングからしているのに気が付いた。

リビングの扉までゆっくり歩いていくにつれて、音は大きくなり、臭いは強くなっていく。甘いような酸っぱいような臭いが僕の鼻を容赦なくついてくる。扉の前に着くと、鼓膜に張りついていた水音がひときわ大きく聞こえた。

僕は一気に扉を開けた。

「……だあれ？」

電気のついていない、真っ暗なリビングに足を踏み入れると、彼女の声が小さく聞こえてきた。

「……ミカさん。明かりもつけずに、何してるんですか？」

ミカさんが無事で少しほっとし、壁のスイッチを触ろうとしたとき。

「……やめて、……明かり、つけないで……」

聞こえた小さな声に、僕は素直に従う。

「……ミカさん、何か……思い出したんですか？」

廊下から漏れてくる薄い光が、久しぶりに会う、愛しい人の背中を照らしている。

彼女は僕を背にしてその場に立っているので、今、どんな表情をしているかは分からない。ただ、いつもと様子が違うことと、彼女が僕に近付いてほしくないのは雰囲気から分かった。加えて、今、僕らが居る部屋は、僕の記憶の中とは違う空間になっていることも。

いい臭いは強烈な臭いに代わり、光の代わりに闇が広がり、水音が絶え間なく流れている。一度、目を閉じて開けても光景は変わらず、何かが足に当たった。僕は腕を伸ばし、ソレを拾い上げて自分の顔の前まで持ってきた。

「……っ、……これっ……」

ソレは、……毎日毎日、ミカさんがコンビニで買っていくモノだった。

顔を向けると、目が闇に慣れたからか、先ほどは見えなかった光景が見えた。

ミカさんの足元には、数え切れないくらいたくさんのソースのボトルが転がっている。彼女は、その光景に固まっている僕に構わず、僕が握っているのと同じモノを手から床に落とす。そして、下から、蓋がしまっているボトルを拾った。

ミカさんは蓋《ふた》を開けて、注ぎ口を下に向ける。水音を上げながら、黒い液体がフローリングの床を跳ねて広がっていく。ロボットのように彼女はソースを次から次へと手に取って、床に流す作業を繰り返していく。

目を凝らすと、リビングの床はソースで真っ黒に染められていた。

「……何っ、……してるんですか？」

僕の声を無視して、ミカさんは行為をくり返していく。

「……何、……してるんですか!!」

大きな声を出しながら彼女に近付き、細い腕を掴んだ。その拍子に、ふたりとも床のソースで滑って倒れる。僕は尻もちをついてしまい、ミカさんは床に四つん這いになっていた。

「……邪魔……しないで……」

僕の知らない、ミカさんの煩《わずら》わしそうな声が聞こえてきた。長い前髪で顔が隠れているせいで、彼女の表情は分からない。

ミカさんは立ち上がり、また同じ動作をしようとする。

「……やめろ!!」

さっきより大きくて乱暴な声を出し、立ち上がって彼女の両腕を両手で押さえる。

「……こんなことして、どうなるんですか!?」

ミカさんは僕の腕を振り切ろうとして暴れ、揉み合いになり、また足を滑らせて床に転んだ。そして、またミカさんは立ち上がり、同じ動作をしようとする。僕はそれをムキになって止めようとし、濡れた体を掴むたびに、彼女がどんどん黒い液体に染まっていくのが分かった。

そんなことを何度もくり返すミカさんは、べとべとした液体が髪の毛や体にまとわりついている不快な感触とともに、僕を驚くほどイラつかせる。

「……もう、いい加減にしてください！　そんなに、彼を忘れられないんですか⁉」

今、目の前にいる彼女は、すぐそばに居る僕が誰かも分からなくなり、死んだ恋人への想いでこんなにも壊れてしまったのだ。そう思うと、自分の頭の中が、怒りでいっぱいになっていく。

「羽鳥正一さんは、死んだんです！　僕は、生きてるんです！」

叫び、彼女の両手首をぬるりとした床に押さえ付けて、その上に覆いかぶさる。

「僕を、見ろよ！」

そう上から言い、今日この部屋に来て初めて、ミカさんの顔をちゃんと見る。

言われた通り僕を見ている顔は、少しやつれていて、僕はしばらく見とれてしまった。薄暗い部屋の中ソースで汚れているミカさんは、彼女と出会って見つめてきた中で、背中に鳥肌が立つくらい一番綺麗だったからだ。

彼女をこんな風にしたのは紛《まぎ》れもなく自分で、そのことに気付いた僕は、罪悪感ではなく別の感情が湧いてくるのを感じた。

……今、嬉しいと思う、この感情はなんだ？

僕がミカさんに真実を告げたのは、羽鳥医師から解放して、助けてあげたいと思ったからだ。その気持ちは今も変わらない。でも、結果的に彼女は現実を受け止め切れずに、今、僕の下に居る。浅はかな自分の行動で、もう一度壊れてしまったかわいそうな彼女。

『一緒だよ。君は彼女を傷付けていた。だから、彼女の記憶から消したよ』

羽鳥医師に言われた言葉を思い出し、納得した。

もしかしたら僕は、こうなることを心のどこかで分かっていたのに、彼女に真実を告げたんじゃないだろうか。今の自分の顔は、さっきまで会っていた彼と同じモノかもしれない。強い想いをねじれさせ、相手を支配することしか考えていない、恋に狂った男の顔。

なんだ、僕は彼女を救いたかったんじゃなくて、壊したかったのか。他の誰かによってじゃなく、自分の手で、ミカさんを壊したかったんだ。

……今、この空間のミカさんは、羽鳥医師の、羽鳥正一さんのモノじゃない。

……やっと、僕だけのモノになった。

そんな、汚くて、ずるくて、情けない気持ちに気が付いて、僕は自分自身に失望した。最低だ。どの面《つら》下げて、昔も今も彼女の心を独占している人に『助けます』なんて言ったんだろうか。

「……すいません」

頭に上っていた血が急速に下がっていき、僕は彼女に対して、そう言葉をかけることしか出来なかった。ポタポタと、ミカさんの顔に雫が落ちていく。僕の汚い水が、彼女の顔に付いた黒い液体と混ざっていく。

ミカさんの無機質な瞳が醜い僕を映しているけれど、目を閉じずに謝った。

「……すいません、すいません、すいません……」

止まらない涙を流しながら、僕は彼女に何度も謝るしか出来ない。そんな自分が、惨めで、悔しかった。

「……すいませ……」

突然、温かくて柔らかい、今にも消えてしまいそうなモノに包まれ口を閉じる。

「……正直君……」

ミカさんの両腕の中で、確かに、自分の名前が聞こえてきた。

「……謝るのは私のほう。……ごめんなさい」

涙をたくさん流しているせいで、喉から声がうまく出せない。

「……ごめんなさい。クリスマスの約束、守れなくて」

声が出ない代わりに、僕は彼女の胸に顔を埋めて首を横に振る。

「……代わりに、約束するね」

子供みたいに嗚咽《おえつ》を漏らしながら、顔を上げられずに泣きじゃくる僕に、ミカさんは言った。

「もう、逃げない。これからは、私、ちゃんと生きていくから」

母親の子守り歌のような、優しい声。それを聞いた僕は、ますます涙を止められなくなる。こんなときでさえ、彼女は僕を責めずに、優しい言葉をかけてくれた。それが、嬉しくて、とても情けなかった。どうして、ミカさんはこんなに強いんだろうか。

「だから、それまで、待っててくれる？」

僕は、かすれた声で、「はい」と小さく答えた。彼女はそれから口を閉じて、僕の頭に回した両腕に力を入れた。

……ごめんなさい。僕は、何も出来ないままで、醜い姿を見せただけでした。

……僕は、彼女を救うことは出来なくて、逆に救ってもらいました。

……僕は、羽鳥正一さん、あなたの代わりにはなれません。

この世でただひとり彼女を救えていた人に謝りながら、僕は自分のために泣いて、優しい腕の中でみっともない姿をさらし続けた。

*

「……い、……おい、起きろ！」

　僕は薄目を開けて、声がするほうを見た。

「おい！　ミカをどこにやった！」

　羽鳥医師が、上から僕をすごい剣幕で見ている。

「ミカはどこに行った！　知ってるなら、早く居場所を教えろ!!」

　彼はしゃがみこみ、僕の上半身を起こして強く揺らす。羽鳥医師から目線を外し、辺りを見てから、僕は完全に目を覚ました。いい匂いがして、白く明るい、ぴかぴかと光る床の上には何もないリビングに居たからだ。

　強烈な臭い、薄暗い闇、転がるソースの残骸《ざんがい》と黒く汚された床。そんな昨晩の景色は跡形もなかったけれど、自分の体に残る温かく柔らかい感触と、耳に残る優しい声は確かに覚えていた。

「昨日の夜から電話にも出ないし、夜勤を終えて、あちこち探してからここに来たら、君しか居なかった。今朝、勤務先の病院に辞表を置いて、早退したあとの足取りが全く分からないんだ」

　壁の掛け時計は十一時を指していて、混乱した様子の羽鳥医師が僕に吐いている言葉は、自分への確認作業のように聞こえた。

「母に連絡したけれど、実家には居なくて、何も連絡はなかったらしい。大家に鍵を開けてもらったら、ミカの姿はどこにもなかった。友達だって居ないし、親戚《せき》とも縁がないはずだ。君、ミカの居場所を知っているんだろう？」

とてもいらついている様子の彼に、「知りません」とかすれた声を返すと。右頬を思い切り殴られた。

「君が何か余計なことを言ったから、ミカは居なくなったんだろう？　兄さんの携帯を持ち出して、何を言ったんだ？」

何も答えないでいると、左頬をさっきよりも重く殴られた。

「もう一発、腹を殴ってもいいですよ」

両目を見開いた羽鳥医師が僕から離れて、僕は続ける。

「二ヵ月前、どうして、あなたは夜道で彼女を襲っていたんですか？」

昨日、病院で彼を殴ったとき、対峙《たいじ》した感覚で彼女を襲っていた男だと分かった。

「……あの日、ミカと食事をして家まで送る途中、……なぜか急に、……僕が襲ったことを思い出して、暴れ出したんだ。……父にバレないよう、特に厳重に記憶からなくしていたのに」

「それが、どうして？」

「……催眠状態のときに聞き出したら、線香の臭いがどこからかして思い出したと言っていた」

彼の話に、彼女に施された治療は本当に不完全なものだったのだと、改めて思った。

「……そんなことより！　君は、自分がしたことの意味を分かっているのか⁉」

昨日の僕はこんな焦った顔をしていたのかなと思いながら、普通の声色で言う。

「分かっていますよ、自分のしたことくらい。僕は彼女を誰よりも壊した。でも最後に、ミカさんは約束をしてくれた」

昨日と立場が逆転してしまったなと、くだらないことを思いながら言った。

「……ミカは、どんな約束を？」

「これから、ちゃんと生きていく約束を、ミカさんは僕としてくれましたよ」

僕の答えに、羽鳥医師の顔がぐにゃりと歪んだように見えた。彼はふらりと立ち上がり、僕に背中を向けてリビングからひとり出ていく。

「……僕だって、君や兄さんみたいにミカを愛したかった。……でも、出来なかった」

廊下からの小さな声は、部屋に差しこむ白い光に溶けて、すぐに消えた。

「……僕も、あなたと一緒だ。彼女を救えていたのは、あなたのお兄さんだけです」

羽鳥医師は何も返さず、そのまま部屋から出ていった。ドアの閉まる音がして、突然、強烈な感情が僕を支配する。でも、涙はもう出なかった。昨日の夜に、全て出尽くしていたのだ。

昨晩、僕がいつの間にか泣き疲れて意識を失ってから、ミカさんはどこかに姿を消した。その現実は確かだったけれど、真実かどうか分からない。

昨日、僕に羽鳥正一さんの死を突き付けられた彼女もこんな感じだったのかなと、ぼんやりとした頭で思い、とりあえず彼女の家をあとにして自分の家に帰った。狭くて、汚くて、とても寒い僕の部屋は色んなモノで埋め尽くされていて、一色に見えた。目か頭がおかしくなったのかと思い、顔を洗おうと洗面所に向かおうとしたとき、彼女が縫ってくれたジーパンのうしろポケットが震えた。携帯を手に取って、通話ボタンを押すと、耳に当てていないのに怒鳴り声が聞こえてきた。

教授に、提出日を過ぎたら、どんな傑作を提出しても評価してくれなくなるんだぞと言われて、僕はそうですかと答えた。明日の朝、大学に持っていきますと謝りながら言って、電話を切った。

それから、冷たい水で顔をよく洗ってから、今日、持っていくはずだった作品を壁に立てかけて眺めてみた。

キャンバスの中には、赤、黄、青、緑、様々な明るい色が溢れ、穏やかな光が差す庭と、その中にひとつの人影が描かれている。この絵は、僕が創り上げたミカさんだ。

目の前にある自分の幻想がとてもおかしく思えて、しばらく大きな声で笑った。そのあと、画材を入れている鞄をひっくり返し、取り出した紙パレットに一色をあるだけ絞った。筆でキャンバスに色を重ねていると、まどろっこしくなってきて、パレットナイフでデタラメに重ねていった。夢中で手を動かしていたら、僕の絵は昨晩のミカさんのようにすっかり黒く汚れていた。

完成した真っ黒のキャンバスを見ていたら、乾いたはずの涙が出てくる。それは、もうミカさんに会えない寂しさと、ふたりの関係が終わった悲しさからで、僕自身のために流したモノだった。

最後に感じた彼女の温もりと言葉を思い出しながら、僕は床に突っ伏し、本当にみっともなく涙をいつまでも流し続けた。

*

誰かが泣いている。

亡くしてしまった誰かを想いながら、届かない想いを嘆きながら、自分の弱さを悔やみながら、大きな声で叫びながら、優しい腕に抱かれながら、心から血を流して涙を流す。

それらの想いは、混ざり合い、姿を変えて、変化のときを迎えた。


「……生、宇野先生！」

「……あっ、はいっ！」

「もー、目開けて、寝ないでくださいよ」

気が付くと、ひとりの女子学生が僕の顔を覗きこみながら、頬を膨らませていた。

「……ああ、ごめ……悪かった。あと、先生って呼ぶのはやめなさい」

「なんで？　だって、宇野准《じゅん》教授って呼びにくいんだもん。〝さん〟付けだったら、宇野先生、生徒に間違われちゃうでしょ」

彼女は悪びれもせず、そう言って笑った。僕はため息をひとつ吐いて腰を上げる。

僕が初めて受け持ったクラスで、最初に顔と名前を覚えた生徒、それが、今、目の前にいる佐伯《さえき》さんだ。

「それより、ちゃんと見てくださいよ。今回のは、かなり自信作なんですけど」

佐伯さんは、お手本通りの絵が描かれたキャンバスを机に置く。

「いいんじゃないか？　これなら単位取れるよ」

「もー、それだけなんですか？」

そう言って、彼女はまた頬を膨らます。

「作品を見せに来るのはいいけれど、教員室に入ってくるときは挨拶くらいしなさい」

僕は小さな冷蔵庫から缶コーヒーをふたつ取り出し、ひとつを佐伯さんに渡す。

「ノックもしたし、声もかけましたよ。先生がボーッとして気付かなかっただけ」

そう言って、彼女はコーヒーを飲みながら机に腰かける。

いつも思うが、本当に口の減らない子で、先生と呼んでくれる割には敬ってくれていない。だが、佐伯さんだけでなく、生徒たちは僕みたいな若い准教授には友達のように接してくる。威厳の欠片もなく、頼りない自分も悪いんだろう。

「こら、机から下りなさい。女の子だろ」

「はーい、宇野正直准教授。オジサンみたいだね」

そう、明らかにからかいの言葉を吐き、佐伯さんは立ち上がって僕の隣に立つ。十九歳の女の子に、そう言われても仕方ない二十七歳の僕は、少し間を空けてから言葉を返した。

「あー、オジサンで結構！　来月には二十八になるしね」

僕は、なんとか気にしていないふりをして力なく笑った。月日の流れるのはあっという間で、十八歳から九年間同じ大学に通い続けている僕は、現実についていけてないのを自覚はしている。

「用事が済んだなら、もう帰りなさい。最近、日が暮れるのが早いんだから」

窓から見える冬の始まりの空は、まだ夕方の時間なのに黒いベールがかかり始めている。

「はーい、分かりました。あ、そうだ、ひとつ聞いていいですか？」

「なんだ？」

「玄関のとこの絵って、先生が描いたんでしょ？」

「そうだよ、君と同じ年のときにね。ひどい作品だろ？」

彼女は、油絵科の二年生で十九歳。そのころの僕よりレベルの高い作品を作っている。

「あたし、あの絵好きですよ」

意外な感想を、佐伯さんは僕の顔をまっすぐ見て言った。

「なんとなく、あれ見てると安心するんです。綺麗でも明るくもない作品なんだけど、なんか、許される気になるんですよ」

彼女は口を動かしながら、いつも包帯を固く巻いている左手首を右手で握る。

「こんな自分が居てもいいんだって」

「……ありがとう、褒めてくれて。でも、採点は甘くしないから」

彼女の表情がくしゃりと崩れて、ほっとしたような顔に変わる。

「ちぇー、残念。それ狙《ねら》ってたのに！」

それから、一向に帰る気配がない佐伯さんをなんとか追い出し、僕は帰り支度をして教員室を出る。廊下に出ると、すぐに、冷たい空気が下から僕の全身を包んだ。

「……今年も、寒いなぁ」

ひとり言を呟きながら歩き、僕は一階の玄関に向かう。昼間は学生達の騒がしい声で溢れている場所だけれど、日がすっかり暮れてしまった今の時間は、ひとときの静けさを保っている。

玄関の左の壁には、佐伯さんが好きだと言った絵がかけられていた。それは、八年前、僕が初めて賞をとった作品だ。

あれから……彼女に会わなくなってから、八年の歳月が流れた。

当時の彼女の年齢を追い越した僕は、通っていた大学に卒業後も残り、助手と講師を経て今年から油絵科の准教授になった。

八年前、僕が自分で壊してから提出した作品はコンクールで最優秀賞をとった。

大学始まって以来の快挙とか、最年少での受賞とかで大学の玄関にずっと飾られているこの絵は、当時の記憶と想いを風化させないよう僕を見張っているみたいだ。

「……こんなの、どこがいいんだ？」

佐伯さんには悪いけれど、僕は自分の描いた絵に正直な感想を漏らす。

八年経った今でも思う。こんな駄作がなんであんなに高く評価され賞をとれたのかが、僕は理解出来ない。

目の前にある絵は、キャンバスをただ黒く染めているだけだ。その黒色の下から、赤や緑や黄色がデタラメに透けて見えている。

なんの法則も持たず、そこには、あのときの景色が広がっているだけだった。

＊

食堂のガラス戸の向こうには、去年や一昨年と変わらない初冬の景色がある。薄曇りの空の下で、葉っぱが全てなくなった樹木が、冷たい北風に無情に吹かれ寒そうにその体を揺らしている。

「宇野君？　ちゃんと聞いているのか？」

声が聞こえてきた向かいに目線を向けると、教授がいつも通り眉間に皺を寄せて僕を見ている。いや、睨んでいる。

「……あっ、はい。はい、聞いてますよ？」

そう言って、僕は薄く笑う。

「全く、君はいつまでたっても頼りないというか、いい加減というか。もっと気を入れなさい」

「おっしゃる通りです」と、とりあえずいつも通りに謝っておく。

僕は九年前から、この教授に怒られてばかりだ。あんなに迷惑をかけてしまったのに、それからも懲《こ》りずにずっと目をかけてくれ、厳しくて辛辣《しんらつ》で的確な助言をくれて、こんな僕を准教授にまで押し上げてくれた。本当に、この教授には足を向けて寝られない。

「本当に、君と居ると血圧が上がって困るよ」

そう言って、教授は血圧の薬を飲んだ。

「すいません」

僕は何万回目かの謝罪の言葉を教授に言った。

今、僕は教授と一緒に学食で遅めの昼食をとっている。食事をとりながら、近々行う初めての個展について教授からアドバイスを受けていた。

「もちろんあの作品も出すんだろう？」

「どの作品ですか？」

カレーを食べながら、首を傾げる。

「この大学で教鞭《きょうべん》をとるようになってから、私の血圧を最も上げさせた作品だよ。あのときは、本当に、救急車で運ばれるかと思ったよ」

「今、受け持っている生徒に、提出日ギリギリであんな駄作を持ってこられたら、僕だって病院に運ばれますよ」

僕はそう言って笑った。

「笑いごとじゃないよ。君は、私が見てきた生徒の中で一番才能があるが、一番の問題児でもあるんだよ」

言葉とは裏腹に、教授は九年前より増えた皺を深くしてほほ笑んでいる。

「あんな作品が賞をとれるなんて、審査員の方は何を考えてたんですかね？」

「まあ、他の作品が似たりよったりで、奇抜なモノが目に付いたっていうのもあるだろうが、『何か』をあの絵から、みんなが感じ取ったんじゃないか？」

僕は教授の話を黙って聞いた。

「私にも、それだけはよく分かったよ。技術だけでは、絵を通して何かを語ることは出来ないからね」

「さすがですね。今、僕の心に教授の言葉が深く響きました」

そう言って、僕は片手で胸を押さえて、片手で目頭を押さえた。なんだか無性に恥ずかしくなって、わざとフザけたのだ。この人に褒められるのにはいまだ慣れない。

「君はまたそうやって、すぐに人を小馬鹿にする。そんなことでは教職者として……」

それから二時間ほど教職論を語られ、僕はぐったりしながら自分の研究室に戻った。

「あ、おかえりなさい」

「……君、授業は？」

「もう、今日の必修の講義は全部終わりました」

勝手知ったるという様子で、佐伯さんは断りもなく僕の椅子に座ってくつろぎ、缶コーヒーを飲みながら雑誌を読んでいる。

「こら、そこどきなさい」

彼女はよほど暇なのか、隙あらば僕がひとりで使っている教員室にいつも入り浸っているのだ。立場的には自分のほうが上だと思うのだけれど、佐伯さんに僕が強く注意が出来ない理由は、いつもしている左腕の包帯以外にもあった。

「先生って、結構すごい賞とってきてるんだね」

「え⁉」

彼女が読んでいたのは、机の上に無造作に置いていた、僕のインタビューが載っている見本誌だった。

「……ちょっ、読むのやめなさい‼」

本当は気が進まなかったけれど、教授の知り合いの頼みで僕は取材を引き受けた。個展の宣伝もしてくれるということで、断るわけにはいかなかった。

雑誌を取ろうとした僕の手をするりとかわし、佐伯さんはにやりと笑いながら雑誌の文言を読む。

「『宇野正直は、印象派の若き天才である』だって。先生、すごいね。でも、この写真映りよすぎない？」

雑誌を持って、彼女は追いかける僕から逃げた。

「知らなかったんだよ、そんな文章を書かれるなんて！」

自分の顔写真が大きく載って、二ページ見開きで記事が掲載されるなんて、当人の僕は見本誌が来るまで本当に知らなかったのだ。しかも、全国誌で少し名のある雑誌だったので、内容を知らないまま田舎の両親に知らせると、驚くほど喜び、地元で雑誌を買い占めて迷惑も考えずに親戚中に配りまくると言っていた。

経営があまりうまくいっていない酒屋の売り上げを、僕のワガママに使ってくれた両親に、それをやめてくれと言うことは出来なかった。実家に仕送りが出来るようになったのは最近で、少しでも恩を返していけたらいいと思っていたので、思わぬことで喜んでくれたのはいいが、……本当に勘弁してほしい。

「こんなに顔がでっかく載ってたら、音信不通の人から連絡来たりするんじゃない？」

そう言って、佐伯さんは意地悪く笑った。

そして、その言葉通り、雑誌が出た数週間後、突然懐かしい人物から大学に電話があった。

『久しぶりやなぁ。元気しとんか、自分?』

「元気だよ。なんだよ、その変な関西弁」

『なんや、関西弁馬鹿にしとったら、シバクで〜』

無茶苦茶な関西弁を話しながら、ヤスは受話器の向こうで笑った。軽いノリは相変わらずだなと、苦笑しながら言葉を返す。

「奥さんと子供さんは元気にしてる?」

僕が大学四年になるころには、お互い自分のことで忙しくなって連絡を取らなくなり、こうやって話をするのは何年かぶりだ。

ヤスは、大学二年のとき、学校とコンビニのバイトを辞めて大阪に行ってしまった。当時付き合っていた彼女が妊娠したので、彼女の実家に一緒に帰ったのだ。それからヤスは大阪で就職し、結婚して、父親になった。

『おお、ピンピンしてるわ。今、三人目がお腹におるんやで』

いつの間にか三児の父になるらしいヤスは、嬉しそうな声で報告してくれる。

「えー、すごいなあ。さすが、ヤスだな」

この年になってもふらふらしっぱなしの僕からすれば、そのときのヤスの行動と今現在の生活には、尊敬の念しか抱けない。

『おう、百発百中や。んで俺、近々、出張でそっちに行くから、久々に酒で飲もや』

「そうなんだ、楽しみに待ってるよ。ところで、よく僕が大学に居るって分かったね」

『ああ、コンビニの店長が宇野君が載ってる雑誌送ってきてくれたんや。あいつ、ほんまにマメやなぁ』

コンビニの店長は、毎年、年賀状を僕らに送ってくれていた。今も大学の近くのコンビニで、相変わらず元気にお腹を揺らしている。

「そういや、こないだ店に行ったときにサインくれって言われたよ」

雑誌を読んだ店長は興奮して、すごいを連発しながらとても喜んでくれていた。

『個展も時間取って行くわ、宇野君の絵をちゃんと見るの初めてやな』

「個展は来なくていいよ。なんか、恥ずかしいから」

『雑誌には載せてるクセに』

「いや、あれは……」

『そういや、あれからソースさんには会ってないんか？』

『ソースさん』という名に、僕の心臓が久しぶりに大きく音を立てる。最後にその名前を聞いたのがいつだったか、思い出せないくらい懐かしく感じた。

「……うん、会ってない。どこに居るかも知らない」

八年間、僕は彼女の行方を捜すことを一度もしなかった。それは、最後の約束を信じていたからだ。

「そうか。そうや、あの変態医者はまだ入院してるん？」

言葉を返さず、ヤスが言う彼の、僕が最後に見た姿を久しぶりに思い出す。

ミカさんが居なくなったあと、羽鳥医師は完全に壊れてしまった。彼の父親が経営する病院の精神科へ患者として入院した彼を、一度だけ見舞ったことがあるが、

『お兄さんだぁれ？』

と、僕を指差しながら言い、子供のように笑った。

僕のことさえも分からなくなった羽鳥医師は、空を見上げて誰に向けているのか分からない言葉をずっと吐いていた。

『ねえ、ミカが兄さんのことより僕が好きだって言ってたよ。ミカは、本当は僕のことが、一番好きなんだ……』

そんなことを繰り返し口に出していた姿は、とても幸せそうだった。

「……昔話は会って話そう、酒でも飲みながら」

いつも蓋をしている気持ちが顔を覗かせて、僕はそれを誤魔化すように言葉を吐く。

ヤスに携帯の番号を教えて電話を切り、やりかけの仕事があったのに、席を立って教務員室を出る。何かに背中を押されるように足を動かし、僕はあの絵の前まで来た。

「……情けないよ。……僕はあの日から、何も成長出来てない」

まっ黒な絵に向かって、小さな声で懺悔《ざんげ》する。

八年の歳月の中で、街も、景色も、人も、随分変わっていった。

でも、僕は大学に残り、この絵とともに変わることなくここに居る。馬鹿みたいに、彼女への想いを消化出来ずに。大学に居るのを選んだのも、もしかしたら、彼女が会いに来てくれるかもしれないという、かすかな望みにすがっているからだ。

彼女はちゃんと生きているだろうと心配はしていなかったけれど、自分から彼女を捜しに行かないのには、情けない理由がある。会えたときの反応が怖かったのと、もしかしたら、もう大事な誰かを見つけているかもしれないという事実を見たくないからだ。

笑えるくらい、あのころから少しも変わっていない、年だけ取ってしまったのが今の自分だ。ミカさんを救えなかった僕は、あの黒い空間から一歩も動けずに、ただ時間を過ごしていただけだった。

*

ミカさんと会えなくなって最初の一年間は、自分を責められるだけ責めた。二年目は忘れる努力をして、三年目からは違う女の子に目を向けるようにしたが、何人かの子と付き合って罪悪感だけが残ることに気が付いたのが五年目だった。

それからは、もう自分の気持ちから目を逸らすことは出来ないと開き直って、最近ではこんな自分でもいいんじゃないかと思えるようになった。彼女と会えない八年の長い時間の中で、僕の気持ちはあのころとは確実に違うモノになっている。

あのころに比べて僕が出来るようになったことは、自分が深く傷付かないように立ち回ることだけだ。今の僕の生活は、心を大きく揺さぶられたり、引っかかれたりすることはなく、ぼんやりとただ日々が過ぎていく。

彼女と過ごした短いけれど濃密な時間を思うと、偽物の穏やかな日々を過ごしている自分は、逃げているのと同じだろう。ちゃんと生きているとは胸を張って言えない。

ちゃんと逃げずに生きていくと、彼女は言った。

それに比べて今の僕は、あのときの黒い世界に足を取られて、彼女への想いを抱えたまま立ち止まっているだけで格好悪いにも程がある。

彼女が僕に言ってくれた言葉はとても重い誓いだったと、年を重ねて改めて思う。

だからこそ、自分がそれを邪魔することは出来ないし、多分、僕が彼女に会いに行ったとしても、喜んでくれるとは思えなかった。どれくらいの時間がかかるかは分からなかったけれど、僕は約束通り彼女をいつまでも待ち続けることを自分で決めた。

もし、ちゃんと生きている君が、つまずいたときや悲しいときに、少しでも僕に会いたいと思うならここに居るから。君を救おうとか、壊したいとか、自分のモノにしたいとか、そんなことはもう全部どうでもいいんだ。

どんな彼女であろうと、構わない。ただ、そばに居てくれるだけでいい。それが、僕が八年かけてたどり着いた答えだった。

僕は、ミカさんに会いたい。


今年も、彼女の姿が消えた十二月が訪れ、世界がすっぽりと張り詰めた寒さに包まれて、僕の初めての個展が開かれた。

画廊に来てくれた関係者の人達に慣れない挨拶をひと通りし終えて、客足が落ち着いてきた個展の三日目に、約束通り大阪からヤスが襲来した。

「えらい盛況やなぁ！　よかったな、宇野君！」

短髪でスーツを着ている、どこからどう見てもサラリーマンにしか見えないヤスを見たときは、一瞬、誰か分からなかった。

「ヤス、声もうちょい下げろって」

大阪に行って、外見とは裏腹にヤスはパワーアップしていた。いつもは静かな画廊が、今は、彼のひとり漫才の会場になっている。

「……宇野先生、そのお友達と、下の喫茶店でお茶でもしてきてください」

個展の初日から受付をやってくれている、黒いワンピース姿の佐伯さんが僕らを睨みながらそう言った。僕はヤスの首ねっこを押さえ、一階の喫茶店に急いで逃げた。

個展の開催中、僕は毎日、講義を終えて夕方くらいから画廊に来ている。

昨日ヤスから電話をもらって、今日は午前中だけ講義をして大学を出た。その選択は間違っていなかったと自分で自分を褒めてやりたい。今、目の前に居る関西からの刺客が、画廊で野放しにならなくて本当によかった。

僕が居ない間に、案外常識人な佐伯さんと、昔から空気を読まないヤスの対決する姿を想像しただけで、ぶるりと体が震えた。

「あの受付の子、綺麗やけど愛想ないなぁ」

「ヤスの、せいだろ?」

僕の言葉を無視してヤスは続ける。

「誰かに似てるよな……あの子。誰やったっけ?」

ヤスは冬なのに、アイスコーヒーを飲みながらぶつぶつ言っている。見かけは変わっていても、嗜好《しこう》は変わらないんだな。

「とにかく、ヤスは一旦ホテルに帰って。あとで連絡するから……」

「ああ、分かった」

僕の話を全然聞いてなかっただろう彼は、目を輝かせながら大きな声を出した。

「あの子、ソースさんに似てるんや。あースッキリ！　なんや、宇野君の女の趣味変わらんなぁ」

そう言って、からかうような笑顔でヤスが僕を見ている。

確かに彼女はミカさんによく似ていた。初めて会ったときに、少し、いや、かなりびっくりした。だから僕は佐伯さんの名前をどの生徒よりも早く覚えたし、図々《ずうずう》しい態度をされてもあまり文句が言えないのだ。

「あの子は、ただの生徒！　そういう関係は一切ないから!!」

そう一気に喋って、目の前の熱すぎると知っているコーヒーをひと口飲んだ。ヤスの、昔から変わっていない妙に鋭いところが心底憎たらしかった。

「なんや、オモンナイ！　てか、宇野君てさぁ」

舌にぴりぴりした痛みを感じて我慢していると、ヤスが急に神妙な顔になる。

「もしや、今もまだソースさんのこと好きなんちゃうよな？」

そう言ったヤスの顔は、コンビニでソースさんのことで盛り上がっていたときとは違い、真剣に心配しているモノだった。

ミカさんが居なくなって、僕は数人の女の子と付き合ってみた。でも、どの子とも長くは続かなかった。いつも同じ理由で僕が振られてしまうからだ。

『私を誰かの身代わりにしないで』

そう同じ台詞を吐いて、彼女達は僕から離れていった。

相手はこんな最低な僕をちゃんと見て、好意を感じて付き合ってくれているのだから、そう言われるのは当たり前だった。その子達を通してミカさんの面影ばかり追っていた自分に気が付いて、ここ数年は女の子と付き合うことはなかった。

結局、僕は、ミカさんに外見が似ていたり、雰囲気が似ている子ばかりを選んで付き合っていたのだ。もう、自分は病気なんだと思う。

「……そうかぁ、まぁ、俺も人のことは言えんからな」

僕の情けない恋愛話を、ヤスは黙って聞いたあとにそう言った。

「コイツや思ったら、どんな人間であろうが、どんな事情があろうが、関係ないからなぁ。それがホンマの愛っちゅーやつやからな」

その口ぶりと表情から、今の奥さんとの間に相当色々あったんだろうなと思った。

「まぁ、人の縁ってのはそう切れるもんじゃないし、ちゃんと想ってれば、叶うモンやで。宇野君にもミラクル起こるわ！」

変な関西弁で、ヤスはそう言って笑う。

「ありがとう」

僕はお礼を言って、笑顔を作る。昔も、今も、情けない僕の味方をしてくれる優しいヤスの気持ちが素直に嬉しかった。

……本当に、今、彼女とどうにかなるなんて、奇跡でも起こらないと無理だろう。

それから、あとで会うための待ち合わせ場所を決めてヤスと別れた。

……想っていたら叶うなら、もうとっくに僕は彼女に会えているはずだろう。

これ以上、彼女を強く想うなんてこと出来ないんだけどな、とボンヤリ思いながら画廊に戻ると、珍しく佐伯さんが困った顔をして僕に近寄ってきた。

「宇野先生、ちょっと。問題が起きたんですけど」

「どうしたの？」

僕に顔を近付けて、彼女は小さい声でぼそぼそと話す。

「……非売品の作品を買いたいって言ってる方が、いらっしゃるんです」

「え⁉」

ゴキブリでも出たのかなと馬鹿なことを思っていた僕は、彼女の言葉に大きな声を上げてしまう。佐伯さんがぎろりと睨んできて、ごめんごめんと小さな声で謝った。

「……あの作品は非売品ですって、何度も説明したんですけど、作者の方と直接お話させてくれませんかって頑《がん》として譲らなくて」

物好きな奴も居るもんだと心底思いながら、彼女の話を聞く。

「……作者はいつ帰ってくるか分かりませんって言ったんですけど、待ちますって帰る様子がなくて」

「佐伯さん、面倒な対応ありがとう。さすがだね」

そうお礼を言うと、彼女は元から大きな目を見開き、ぱっと僕から顔を逸らす。

「その人は、今、どこに居るの？」

「……あちらにいらっしゃいます。あの絵の前から、ずっと動かないんです」

そう言って、佐伯さんが指差した先にひとりのうしろ姿がある。

「分かった、僕が直接話してくるよ」

僕は、画廊の一番奥に居た、その、物好きな人物のほうへ近付いていった。

僕は、その人を知っていることに気付く。

どくんと大きく心臓が鳴り、耳に、自分の大きな鼓動の音が響き始めた。一歩一歩ゆっくり足を動かすと、固く握った拳に汗がにじんでいき、体がいつかみたいにどんどん熱くなってくる。

頭の中には、声もかけられず目で追うしかなかったころの、コンビニから出ていく華奢なうしろ姿がはっきりと映し出されていて、今、目の前に居る人の背中にぴったりと重なった。

そこで、僕の頭の中は、真っ白になってしまう。

「まさか……」

そう小さく呟き、震える足をなんとか動かした。距離が近くなるほど、色んな感情が溢れ出して、ぐるぐると体中を巡っては消えていき、最初にかける言葉を必死に探す。言葉は見つかることなく、腕を伸ばせば届く距離まで近付いて、僕は足を止めた。

会いたくて会いたくて仕方がなかった人が、今、目の前にいる。

あのときから何も変わっていない僕は、やっぱり声をかけられずに背中を見ていることしか出来ない。うるさい心臓の音を振り払うために頭を左右に少し振って、息を大きく吸いこみ、口を開こうとしたときだ。

挙動不審な気配に気付いたのか、彼女が振り返った。

「……これ、いくらですか？」

腰まで伸びた髪、華奢な体。昔から少しも変わらない整った綺麗な顔。一度も見たことのない白いコートに、赤い鞄。そして、僕をまっすぐに見ている茶色の瞳は、何も映さない無機質なモノではなく、キラキラとした光を放っている。

「これ、ほしいんですけど」

彼女はそう言いながら、一枚の絵を指差している。

その言葉に昔の記憶が重なり、毎日、毎日、彼女に言っていた言葉を返す。

「……百五十九円になります」

僕は彼女の正面に立って、そう言った。すぐに、彼女は鞄から赤い財布を取り出して、百円硬貨を二枚、僕の手のひらに乗せる。

そのとき、少しだけ触れた指先は、昔と違って温かかった。

「お釣りはいいです」

そう言って彼女は、この世界で一番素敵な笑顔を僕に見せてくれる。

「ありがとうございました」

そう言ったあと、僕は彼女の体を引き寄せ、強く抱きしめた。自分の背中に、彼女の両腕が強く食いこんできたのを感じる。

そんな僕らを、八年前に描いた黒い絵が静かに見守っていた。

偽物の彼女を壊して創り直した、不格好で綺麗とは決して言えない作品。でも、そこには、彼女への気持ちを全て閉じこめてある。

そんな絵に、僕は題名を付けていた。僕と彼女の、始まりと終わりは、これだったからだ。


『ソース』

僕達はこれからもう一度始めるのだ。

今、腕の中にある温もりを二度と失わないように、ミカさんの笑顔が絶え間なく続くように。

ラピスラズリ

大好きだった人に
もらったのは
碧い色

「ほな、グラス揃ったな。では、宇野君の個展開催と誕生日と！」

ざわざわとうるさい安っぽい居酒屋で、わたしの隣に座っている関西弁の男は、耳が痛くなるぐらい声を張り上げている。

「愛しのソースさんとの出会いに、かんぱーい!!」

向かいに座っている、年齢はわたしよりひと回りぐらい上なのに、初々《ういうい》しい中学生のようなふたりが顔を同時に赤くする。

「なんや、みんなノリ悪いな、ほら、かんぱーい!!」

空気を読めない男が、三人ぶんのグラスに自分のジョッキをカチンカチンと合わせていった。

「ほら、みんな、飲んで食べぇな。全然進んでないやんか。佐伯さん、みんなのぶん取ったり」

そう言って、男はわたしに小皿と箸を渡してくる。四人がけのテーブルに乗り切らないくらい並んだ皿を見ながら、ぼそりと本音を漏らす。

「……なんで、わたしが、そんなことしなきゃいけないんですか？」

「なんでって、空気読めへんなー君」

男は、はーやれやれという大げさなリアクションを取ってから、怒りが臨界点にまで達してしまいそうなわたしの顔を覗きこんだ。

「向かいのふたりがあんな状態なんやから、俺らが気ぃ遣ってやらなあかんやろ！」

向かいの下を向いたままひと言も喋らずに固まっているふたりを指差して、男は大きな声を出した。

「わたしとあなたが居るからじゃないんですか？　ふたりきりにしとけば、勝手にいちゃいちゃし始めますよ。……さっき、衆人環視の中、抱き合ってましたから」

「……な、ちょっ、あれは……わあっ！」

真っ赤な顔を上げた宇野先生は、口を開いたと同時に手にしていたグラスをテーブルに落とした。ばしゃりと液体と氷がテーブルに広がる。

「あーあ、宇野君、相変わらずやなあ」

素早くおしぼりでテーブルを拭き始めた男が、笑顔で楽しそうに言った。

「ご、ごめん。あ、ミカさん大丈夫ですか!?」

宇野先生は、隣に居る、ソースさんとかミカさんとか呼ばれる妖精みたいな女の人に声をかけた。

「大丈夫だよ。本当に……、正直君、相変わらずだね」

女の人は、そう言ってからクスクスと笑い始め、宇野先生の顔がだらしなく緩んでいった。

「なんや、俺らほんまにお邪魔虫やなあ」

わたしの隣でニヤニヤしている男が、わたしの気持ちを逆なでするような言葉を吐く。ぎりっと奥歯を噛み、テーブルの下で両手を強く握って、隣の男を殴り殺してやりたい衝動を抑えた。

「そ、そんなことないから!! さ、佐伯さん、ここは僕が奢るから食べて食べて」

顔が赤い宇野先生は、料理を小皿に分けだし、わたしの前にドンドン置いていく。

その姿を見ながら、横に居る女の人は柔らかくほほ笑んでいる。

「あの、おふたりはどういうご関係なんですか?」

わたしは、自分で自分に、心臓をひと突きする言葉を吐く。

「宇野君は、ソースさん……じゃなかった、ミカさんのストーカーや」

宇野先生ではなく、隣の男が答え、から揚げを口に入れる。

「……ヤス!! 何言ってんだよ!!」

「ほんで、悪の手先からミカさんを救ってラブラブになったんやけど、いかんせん敵が強すぎて、八年間離れ離れになってしまっ……」

宇野先生は身を乗り出し、斜め前のよく動く口を片手でふさぐ。

「……佐伯さん!! ヤスが言ってることは全部嘘だから!! 信じないでくれ!!」

身長に比べて手が大きい彼は、わたしに向かって焦った様子で言う。

その姿は、昨日までは決して見られなかったモノだろう。

「なんでなん？　大体、合ってるやんか」

「ヤス!!　もう黙れ!!」

離された片手で、宇野先生は男の首を絞める。

彼の手は、指が長く爪がつるりと丸くて綺麗で……一番好きなところだと思ったとき、

「……あの、さっきから、ソースさんって私のことですか？」

鈴の鳴るようなという比喩がぴったりな、小さく美しい声がテーブルに響く。

「はい、まだ、後藤ミカさんってお名前知らなかった宇野君が、勝手に付けたあだ名なんで……っごふっ!?」

紋められた首で声を発した男が、お腹を抱えて座った。

「ミカさん、あとでゆっくり説明しますから」

「なんか、安本さん大丈夫？」

「なんか、急にお腹痛くなったみたいですよ。大丈夫か？」

宇野先生は、唸っている男に労りの言葉をかける。

わたしは、さっき一瞬で、彼が男のお腹に拳を入れたのを見てしまった。

「さっきから、うるさくてごめんね、佐伯さん」

「……いえ、別に」

席に着き、宇野先生が笑みを浮かべて続ける。

「ヤスが無理やり付き合わせてごめんね。個展が終わったら、何かごちそうするから」

「いいんですか？　隣に、……恋人が居るのに、そんなこと言って」

少しして、彼はぶわっと顔を赤くし、一瞬で元に戻ったあと隣に顔を向ける。

女の人は、さっきのが比でないくらい、首まで真っ赤になっていた。

「……なんで、おふたりは八年間も離れてたんですか？」

わたしの質問に、宇野先生は目を大きく開いて、口を開かず。女の人は、顔を下に向けてしまった。

「普通、ラブラブな恋人なら、八年も会わないなんて無理じゃないんですか？」

ふたりの様子に、わざと構わず、正面をまっすぐ見て質問を重ねる。

少しして、宇野先生は重そうな口を開いた。

「……そうだね、離れていたのは僕のせいだから……。だから」

まっすぐにわたしを見つめ、彼はわたしにではない言葉を続けた。

「もう離れたくないから、これからは、ミカさんを放さないようにがんばるよ」

「……宇野君よう言った!!　ちゃんと聞いてた？　ミカさん？」

わたしの代わりに、隣の男が顔を上げてそう叫んだ。

向かいには、『しまった』という顔をした宇野先生と、隣には耳まで桃色に染まった幸せな女の人……ミカさん。

「ところでミカさん、宇野君の前から消えたあとどこに行ってたんですか？」

固まっている宇野先生のことなどお構いなしに、男は明るい声で聞いた。

「……あ、ゾウに乗りに行きました」

「ゾウ!?」と、宇野先生が大きな声を上げる。

「ゾウって、あの動物園に居る大きいヤツですよね？」

「はい。昔から乗ってみたくて、インドで乗りました」

男の質問に素直に答えるミカさんを、宇野先生は凝視したままで口をぽかんと開けている。

「インドってカレーおいしいんですか？」

「おいしいですけど辛いですね、タイのほうがご飯はおいしいですよ」

「じゃあ、その辺にずっと居たんですね」

「はい、数年は海外で行きたかった場所に行って、日本に帰ってからは旅館で住みこみで働いてたんですけど」

「旅館!?　ミカさんが!?」

男とミカさんのやりとりに、宇野先生がまた大きな声を出す。

「うん。海外に行くときも、行ってからも、羽鳥のおじさまにお世話になりっぱなしで。日本に帰ってまで迷惑かけたくなかったから、自分で見つけて働いてたの」

ミカさんは笑顔で、さっきから驚いた顔のままの宇野先生に答える。

「羽鳥のおじさまに見つかるまで一年くらい働いてたんだけど、みんないい人ばっかりで、すごく楽しかったんだよ」

そう言って笑うミカさんは、とてもかわいらしくてドキリとした。

わたしより、宇野先生よりも年上だろうに、……すごく、ずるいと思った。

「へー、なんか、八年前のミカさんからは想像出来ませんね。でも、今のほうが、美しさに磨きがかかって素敵ですもんね」

男がそう言って、ミカさんにニコリと笑う。

「……なっ！　ヤス、お前、妻子持ちだろうが!?」

どいつもこいつもと思ったとき、宇野先生が焦った声を上げる。

「宇野君、佐伯さんがうわって目で見てんで？」

男が急にわたしの名前を出して、宇野先生はいつも見せている顔に慌てて戻す。それを見ていたミカさんは、クスクスと楽しそうに笑った。

「さ、料理冷めてまうで、食べて飲もうや。宇野君、勝手におかわり頼みや」

「あとで覚えてろよ」と小さく呟いてから、宇野先生はミカさんが渡したメニューを見始める。男はジョッキを傾けながら、向かいの様子に目を細めたあと、

「ごめんな、許してあげて」

と、小さく、ひとり言のように言った。

「佐伯さん、今日は飲むで。お酒強そうやもんな、おっちゃんも負けへんで」

顔を向けると男は関西弁に戻り、ニヤリと笑った。

「ヤス、佐伯さんに無理させるなよ。僕の大事な生徒なんだから」

宇野先生は、とても残酷な言葉を吐いた。わたしはグラスを手にし、一気に飲み干してから、言葉を吐き返した。

「……今は、大学じゃないんだから、関係ないでしょ」

そう言って、どんっと、空になったグラスをテーブルに乱暴に置く。

「……佐伯さん？」

「おおー、いい飲みっぷりやな、次、何飲む？」

わたしは、多分、心配そうな顔をしている彼を見ず、隣の男に乗せられながら注文をする。

「こういうときは、飲むのが一番や。さあ、宇野君も飲みや」

男は宇野先生をあおって、わたしは注文してすぐに目の前に置かれたグラスを手にし、向かい側を見ないように下をずっと向いて飲み続けた。

「……っ、……い、……ったあっ」

瞼を開くと、知らない天井が見えて、経験したことがない強い痛みが頭を揺さぶった。喉がカラカラに渇き、アルコールの味に支配されている口を感じながら、なんとか上半身を起こす。

ゆっくり首を動かして、辺りを見回したあと、背中にぶわりと汗が広がった。

寝ていたベッドと小さなデスクセットだけの薄暗く狭い部屋は、多分、どこかのホテルの一室だろう。

「……おー、目え覚めたんかー?」

そして、ベッドの下の床には、今日初めて出会った関西弁を喋る男が居た。

「……なっ、……なんでっ、……わたしっ、なんで!?」

わたしは叫び、自分の声で頭を殴られる。

「あー、二日酔いしてんのやろ？　大人しくしといたほうがいいで」

両目を閉じ頭を抱えたわたしに、床から立ち上がった男が言った。

「ほれ、喉渇いてるやろ」

おでこにひんやりとした感触がし、瞼を開けるとミネラルウォーターのペットボトルがあった。受け取り、蓋が開いていたので、すぐにごくごくとボトルを空けた。

「大丈夫か？　昨日、あれだけリバースしてるから酒は抜けてるハズやけど。昨日、居酒屋出てからの記憶あるんか？」

「……ちょっと、待って」

「ああ、無理せんでええから。シャワー浴びるか？」

居酒屋で何杯もグラスを空けて、楽しそうでうるさい男と口喧嘩《げんか》し、向かい側の席を見ないようにしていた、……までは、なんとか思い出した。

「服は汚してないから大丈夫やけど、汗かいてたから気持ち悪いやろ？」

そう言って、ベッドの端に腰かけてわたしを見ている男と、居酒屋に出てからここまで来た記憶がすっぽりと抜けている。

「……な、なんで、わたしここに……」

恐る恐る、男の顔を見ながら聞くと、少ししてから大きな笑い声が部屋に響いた。

「安心しい、佐伯ちゃん居酒屋のトイレでダウンして、家までの道のりをタクシーで言えんかったから、俺が泊ってるホテルに連れてきただけや」

笑い終えてからそう言い、ベッドからすぐの小さな冷蔵庫からペットボトルを取り出し、蓋を空けて差し出してくれる。空になったボトルを渡し、おかわりを受け取ると、男は明るい声で続けた。

「でもよかったわー、リバースしたのが部屋に着いてからで。そのあとベッドに寝かせたら、すぐによう眠ったで」

冷たい水を飲みながら話を聞いていると、自分の醜態が途切れ途切れに襲ってくる。

「……色々、すみませんでした」

「いやいや、飲めってあおったのは俺やからな。責任取っただけやで」

男が、かいがいしく介抱してくれた様子を思い返しながら、もう一度「迷惑をかけて、すみませんでした」と頭を下げた。

「そんな謝らんでええよ。苦しそうやったから、ブラ取って洗面所に置いてるわ」

そう言われて、白いブラウスの下、膨らみのあまりない胸が楽なのに気付く。

「あ、洗面所右の扉やで。お風呂と一緒になってるからタオルもあるし、いってらっしゃい」

わたしはふらりとベッドから降りて、よたよたと扉の中へと入る。

ガンガンと痛む頭で服を脱ぎ、自分の行動を責めながら熱いシャワーを浴びた。

こんな失態、今までの自分ならありえない。昨日のことが、そんなにショックだったんだと、改めて思った。


「さっぱりした？　コートとスーツの上着はこっちにあるけど、急いで家に帰らんで大丈夫か？　昨日、家に連絡入れてないやろ」

シャワーを浴びてちゃんとブラをしてから出ると、男はびっくりするぐらい真面目な言葉をかけてくる。

「……うち放任だし、いつもはこんなこと絶対ないんで大丈夫ですよ」

少し痛みが治まった頭をタオルで拭きながら、ベッドに座っている男の横に距離を空けて座る。

「まあ、朝の六時に帰っても迷惑やしな。もう少ししてから出るか？」

「……あなたが、わたしに何もしないなら」

男の顔を見つめて言うと、片腕が伸びてきて、なぜか両目を閉じてしまった。

「俺は奥さんひと筋やし、それに、君みたいな子供に手ぇ出さへんよ」

そう言いながら、男は、わたしの頭に手をのせてぐしゃぐしゃと髪の毛を触った。

瞼をゆっくり開けると、優しい笑みを浮かべた顔が見えた。

「それに、失恋し立ての女につけこむほど腐ってないから」

わたしの頭から手を離し、男は真剣な顔で言う。

「佐伯ちゃん、宇野君のこと好きやったんやろ？」

その言葉に、かちんと固まってしまう。

「まだ、時間あるし、話くらいなら聞くで？」

終わってしまった片想いについて、何を語れというんだろうか。

「愚痴とかないの？　あんな馬鹿のこと好きだったんだから、ストレス溜まってたでしょ」

わたしは、ふっと頬を緩める。

「時間まだあるから、好きなだけ話せばいいよ」

標準語でゆっくり話す男に、少ししてから口を開いた。

「……じゃあ、聞いてもらってもいいですか？」

カーテンの隙間から見える窓の向こうは、まだ暗くて、薄暗い世界が広がっているんだろう。わたしが、彼に出会うまでの世界だ。

あそこに帰るのかと思うと、指先が冷たくなり両手が震え出す。左手首に巻いている包帯を右手でぎゅっと握り、口を開く。

「……宇野先生と初めて会ったのは、今年の春でした。わたしは、最初……」

彼への恋心に気付いたときから、失恋することは知っていた。なのに、全然覚悟が足りていなかった。

今、世界からすぐ消えてなくなりたいぐらい、わたしはとても傷付いている。

「……彼のことが、大っ嫌いでした」

*

『えーと、佐伯へきさん?』

『あおいです』

今年の四月、それが、わたしと宇野先生が初めて交わした会話だった。

わたしは、そう名前を間違われるのが大嫌いで、さらには、どうせ間違えるなら〝みどり〟でしょ、よく准教授になれましたねと言い返しはしなかった。

ただ単に、面倒くさかったからだ。

このころのわたしは、産まれて初めての人生の挫折を味わっている最中で、世の中とか、自分とか、将来とか、全てにおいて絶望感しか持っていなかった。息をしているのも嫌なぐらいだった。

『僕は、クラスを受け持つのが初めての経験となりますので、至らないところばかりだと思いますが、よろしくお願いします』

クラスの全員の出席を取ったあと、自己紹介しなければ生徒と間違われそうな童顔の宇野先生は、見るからに緊張している様子でそう言った。

彼が指導する初めての油絵実習の日。これから、更に暗い色が足されたと思った。

わたしの名前は、佐伯碧《あおい》。うちは両親もひとりいる兄も芸術家で、みんな、国立の有名な美術大学を出ている。だから、家族も親戚もわたしが同じところに行くのが当然だと思っていたのだけれど、受験日当日に自宅の階段からすべり落ちて利き腕を骨折してしまう。

試験が受けられなかったわたしは、滑り止めで受けておいたランク下の美術大学に行くしかなかった。わたしは自分の人生が変わってしまったことがショックで、仮面浪人をする気にもならず、運命を呪ってひねくれることに全精力を傾ける。

両親や兄の名前を出されることが鬱陶《うっとう》しくて、なんで、この大学に来ているのかと聞かれるのがウザくて、同級生に話しかけられても答えを返すことはなかった。

入学して一年、わたしは薄暗い闇の中でひとり過ごした。大学には真面目に通っていたけれど、楽しさを感じることなく、二年に上がってもそれは変わることはないと思っていた。

そんなときに、彼はわたしの前に現れたのだ。

『……佐伯さんさ、……左手首の傷、自分でやってるの?』

梅雨が始まるころだった。放課後、教員室に用事があって出向いたとき、宇野先生は神妙な顔でわたしに聞いてきた。

面倒くさいけれど、返す言葉を考えている最中、向かい側から両腕が伸びてくる。

『これから、一緒に病院に行こう』

わたしの肩を両手で掴む、真剣な表情を浮かべた彼に、なぜか久しぶりの感情が湧いてきた。

『遠慮しときます。手、放してください』

下を向いてこみ上げてくる笑いをこらえていると、ぼそりと、小さな声が聞こえてくる。

『……クラスのみんなも、心配してる。もし、何か悩んでるんなら、話ぐらいならいつでも聞くから』

顔を上げると、声色の通り、思い詰めた表情があった。こらえきれなくなったので足早に教員室を飛び出る。廊下を歩きながら、久しぶりに声を少し上げて笑った。

わたしは、同級生たちが心配なんかしていなくて、勝手に作り上げた自分の話を知っていた。第一志望ではなかったここの大学に来たのは、受験のときに付き合っていた恋人とひと悶着《もんちゃく》あったからで、左腕の包帯は自分で付けている傷のためだと言われている。

傷は完治したけれど、その話を耳にし、わたしは包帯を巻くことを続けている。そうすれば、〝病んでる女〟と認識してくれて、声をかけてくる者は居なかったからだ。

『……ばっかじゃないの？』

そんな馬鹿な話を真に受けている宇野先生に、わたしは笑いながら呟いた。そして、だからかと、自分に注がれる視線の意味を納得した。実習中に、彼は、わたしの顔を明らかにずっと見ているときがあったのだ。

宇野先生は、教員室で質問をしてきてから、何かと声をかけてくるようになる。資料の整理や掃除の手伝いをちょくちょく頼まれ、放課後用事がいつもないわたしは、いいように使われるハメになった。

『佐伯さんは、どんな作品が描きたくてここに来たの？』

『……別に、特には』

『やりたいこともないのに、ここに来たの？』

『……いけませんか？』

彼の質問に、面倒くさいので簡単に返す。

今は放課後。いつも通りふたりだけの油絵科の準備室で、ファイルを作る手伝いをさせられている。

『いや、いけなくはないけど。じゃあさ、どんな作品が好き？』

『……それ、答えなきゃいけないんですか？』

宇野先生は口を閉じて、分厚いファイルをめくり出す。

わたしが早く帰れるように手を動かしていると、向かいから明るい声が上がる。

『これ、好きなんじゃない？』

そう言って、宇野先生は分厚い本をわたしの目の前に差し出した。

『……なんで、分かったんですか』

『だって、いつもつけてるピアスが同じ色だから。あと』

開かれたページには、無垢《むく》な少女がこちらを振り返っている有名な絵画。黒い背景に浮かび上がる、深い青い色がその空間を支配している。

『使ってる絵の具。僕は高くて使えないウルトラマリンを、大事に使ってるから』

『ウルトラマリン』は今では合成のものが安価で手に入るけれど、本来は宝石の一種であるラピスラズリを使った群青《ぐんじょう》色の絵の具で、先生の言う通り高価だから、父や兄のアトリエからこっそり拝借している。

『……そんなところまで見てるなんて、宇野先生って、少し、気持ち悪いですね』

わたしがそう言うと、宇野先生は顔をこばらせる。

『……あ、やっ、……生徒のことをちゃんと見るのも、僕の役目だから』

動揺を隠しきれていない彼から視線を下に向け、先生の指摘した、ラピスラズリのピアスをつけた熱い耳たぶを握る。こんなに動揺しているの、いつぶりだろうか。

『好きな人に対して、ストーカーしないように気を付けてくださいね』

『……それは、……大丈夫だよ。好きな人は……居ないから』

明らかにトーンダウンした声を、顔を上げられないまま聞く。

『それ、奥さんか彼女が聞いたら怒るんじゃないんですか？』

『あいにく、両方とも居ないよ。……彼女とか、何年も居ないし』

丁寧な教え方と誰にでも親切で穏やかな態度でこの大学で珍しく若い准教授は、一部の女子からかわいいと人気があったので少し意外だった。

『その年で、彼女居ないとかヤバくないですか？』

言いすぎたなと思って顔を上げると、予想に反した顔があった。

『……ヤバいよね。でも、もう、好きな人が出来ることはないと思うからいいんだ』

宇野先生は、穏やかな笑みを浮かべて言った。

少しくらい怒ってもいいところだと思うのに、反応にわたしは戸惑ってしまう。それに、まだ二十七歳だったろう彼が、もう恋愛をあきらめる発言をするなんて、よっぽどひどい失恋でもしたんだろうか……？

『なんか、佐伯さんと、ちゃんと話したの初めてだね。黙ってれば清楚なお嬢様って感じなのに、話すと毒舌なんだ』

わたしの勘繰りなど気付いていない彼は、呑気な顔をして言った。

『それ、嫌味ですか？』

宇野先生はにやりと笑った。その顔は、さっきとは全然違う種類のモノだ。

『じゃあ、わたしが毒舌なら、宇野先生はストーカー気質ってことですね』

『頼むから、それ、他の生徒に吹聴《ふいちょう》しないでくれな』

『知りません。作業終わったんで帰ります』

席を立ち、わたしはすたすたと扉に向かう。

『手伝ってくれてありがとう。気を付けて、また明日』

廊下に出るとうしろから聞こえた声に、なぜか頬が緩んだ。

『手伝い、もう勘弁してください』

『寄り道せずに、帰りなよ』

わたしは返さず、扉をうしろで手で閉め、耳たぶに刺さっている誕生石の青い丸を触りながら帰った。


放課後、頼まれた雑務をする以外に準備室や彼の研究室に足を運び、宇野先生をからかうのが楽しくなってきたのに、夏休みが始まってしまった。

その夏休みは、親が来年の受験を薦めてきたのを断り、出された課題に真剣に取り組んだ。とても長く感じる休みが終わって、わたしが提出した作品は油絵科で厳しくて有名な教授が褒めてくれた。

『あの教授が褒めるなんて、すごいなあ』

『……別に、実力ですから』

久しぶりに会えた宇野先生に、わたしはいつも通りの言葉を返してしまう。

『実力があるのに手を抜いてたの知ってたけど、ここまでとは思わなかったよ』

ちゃんと見ていてもらったことに、胸がふわっと温かくなった。

『……なんか、褒められてる気がしないんですけど』

『褒めてるよ、自分が同じ年のときに比べたら、佐伯さんのほうがすごいと思うよ』

その言葉で、顔がぼんっと赤くなってしまう。

『佐伯さん？　どうかした？』

急に顔を下に向けたわたしに、宇野先生は本当に心配している声をかけてくる。

『……なんでもありません。帰ります』

『うん、気を付けて。また明日』

廊下に出て、熱い両頬を両手で挟みながら下を向いて歩いていると、どんと何かにぶつかってしまった。

『ああ、佐伯君。今、帰りかい？』

『あ、す、すみません』

わたしがぶつかったのは、作品に高評価をしてくれた教授だった。

『こんな時間まで、宇野君が雑用させていたのかい？　私から言っておくからね』

『あ、いえ、宇野先生に指導をしてもらってただけですから』

『そうか、宇野君が至らなかったら、すぐに私に言ってくるんだよ』

その言葉とは裏腹に、教授の顔は嬉しそうに緩んでいる。

そういえば、宇野先生がこの教授の生徒だったことを思い出す。

『あの、宇野先生が、わたしぐらいの年に描いた作品ってどんな感じだったんですか？』

何も考えず口から出てしまった質問に、教授は目を少し大きくし、細めてから答えてくれる。

『宇野君は、君と同じ年のときに、間宮展の最優秀賞をとってるんだよ』

『……え!?　嘘でしょ!?』

つい、本音が漏れてしまったわたしを、教授はほほ笑みながら見ている。

『普段の宇野君を見ていたら、そう思うのが普通だろう。生徒に対して威厳の欠片もないからな』

教授に言われる通り、宇野先生は生徒達に友達のように扱われ、わたしには毒舌を吐かれまくっている。なのに、間宮展という大きくて権威があるコンクールで最優秀賞をとっているなんて、しかも、わたしと同じ年のときにとっているなんて信じられなかった。

『最年少での受賞で、当時はちょっとした話題になったんだよ。玄関のところに、そのときの絵があるから興味があるなら見てみるといい』

教授は、わたしの顔をじっと見つめてから言った。

『佐伯君、君の技術は素晴らしい。これからは、技術ではないモノを宇野君から教わりなさい』

教授はそう言い残して、その場から去っていく。残されたわたしは、言葉の意味が分からなくて、廊下を考えながら歩いた。

人がまばらな放課後の玄関に着くと、とても静かに感じた。普段は意識していなかった辺りを見回すと、目当てのモノはすぐに見つかった。そして、壁にかかる一枚の絵の前で、わたしは固まってしまった。

教授の言っていた意味がひと目で分かり、目が離せず、動くことがしばらく出来ずにいた。キャンバスには、黒と、その下にまばらに透けて見える色たち。ただ力まかせに塗り潰しているのが分かる、大胆ではない出鱈目《でたらめ》なタッチ。なのに、技術では表現出来ない『何か』が、強く存在しているが分かる。

その、『何か』を言葉には出来ないけれど、ずっと見ていると全身にじんわりと広がっていく。その感覚は少し怖いけれど、不快ではなくて、うっかりすると目から何か出てきそうになった。

『……ずるい』

思ったままをぼそりと呟き、なぜか、この半年ずっと抱えていた気持ちが少しづつ溶けていくのが分かった。

わたしは、わたしを、半年間ずっと責め続けていた。人生が狂ったのは自分のせいだから、自分で罰を与えなければいけないと思っていた。思い描いていた未来を潰してしまった自分が、未来を望むことが許せなかった。

でも、もういいんじゃないと、自分の中から声が聞こえてくる。

わたしは瞼を一度閉じてから、ゆっくりと開く。

遠くから聞こえてくるヒグラシの声、目の前には、赤い夕陽に照らされた宇野先生が描いた絵がある。

首筋にひと筋汗が垂れ、右目からひと筋水が流れる。

目の前の黒い世界から帰ってきたわたしは、自分で自分を許していて、彼に惹《ひ》かれていることにも気が付いた。

自分から拒絶していた世界で、ひとり、手を伸ばしてくれた。わたしの話を聞いてくれて、心配してくれたことが、本当はすごく嬉しかった。

なんだか、わたしは自分が思っていたよりちっぽけで、そこら辺にいる女の子だと思ったら急におかしくなってきて小さく声を出して笑う。

わたしは、自分の変化や気持ちに気が付いてからも、特に行動を変えることはなかった。

同級生達と関わりたくないから左腕の包帯はそのままだったし、準備室や研究室に用事もないのに押しかけて、宇野先生に毒を吐くのも相変わらずだ。

ただ、制作に対してだけは真面目に取り組むようになる。

『何か』を感じれるような作品を描くことは難しくて。でも、あのときの、わたしが感じたようなモノが描けるようにがんばった。

『いいんじゃないか？　これなら単位取れるよ』

夏が過ぎて短い秋が終わり、冬が始まるころに自信作を見せても、宇野先生にはそう言われてしまう。

『もー、それだけなんですか？』

分かっていることだけれど、面と向かって言われたら少し落ちこむ。

『作品を見せに来るのはいいけれど、教員室に入って来るときは、挨拶くらいしなさい』

『ノックもしたし、声もかけましたよ。先生がボーッとして、気付かなかっただけ』

宇野先生とは相変わらず先生と生徒の関係だったけれど、わたしは満足していた。ふたりきりで居ると実習や講義では見せない彼の顔を見ることが増えていき、それがわたしはとても嬉しくて、渡してくれる自分のぶんの缶コーヒーが誇らしかった。

『用事がないんならもう帰りなさい。最近日が暮れるのが早いんだから』

『はーい、分かりました。あ、そうだ、ひとつ聞いていいですか？』

『ん、なんだい？』

『玄関のところの絵って、先生が描いたんでしょ？』

わたしがそう言うと、宇野先生は動きを止める。

ごくんと唾を飲みこんでから、ずっと言いたかった言葉を一気に吐く。

『なんとなく、あれ見てると安心するんです。綺麗でも明るくもない作品なんだけど、なんか許される気になるんですよ』

目の前の顔を見ながら言うのが恥ずかしくて、わたしは左腕の包帯を見ながら口を動かす。

『こんな自分が居てもいいんだって』

宇野先生と、あの絵が、わたしを救ってくれたんです。とは、さすがに続けて言うことは出来なかった。

『……ありがとう、褒めてくれて。でも、採点は甘くしないから』

わたしの真意など全く分かっていない言葉に、気が抜けて、自然と笑えてくる。

『ちぇー、残念。それ狙ってたのに！』

『はいはい、ほら、本当に暗くなってきたから帰りなさい』

『はーい』

顔が緩んだままわたしは教員室から出て、扉を閉めようとする。

『気を付けて、また』

『はい、また明日』

宇野先生の言葉に答えて、扉を閉め、わたしはスキップでもしそうなくらい軽やかに廊下を進む。玄関に着き、薄暗い中であの絵の前に立ち止まる。

『……絶対、これよりすごいの描いてやる』

目の前のモノより、いいモノが描けたとき、自分の気持ちをちゃんと伝えることを口には出さずに誓う。

気持ちはどんどん膨らんでいて、今日みたいに想っていることを伝えたくなってしまうけれど、まだ、自分の想いを伝えるのは早いと思っていた。わたしには、まだまだ時間はあって、大丈夫だと勝手に思っていたのだ。

そうして、自分の気持ちばかりに気を取られて、宇野先生がもう好きな人が出来ることはないと言っていたのを忘れてしまうほど、相手のことなど見えていなかった。時折、わたしを見ながら、違う何かを見ていた彼に全く気が付かずに、勝手に自分に都合よく解釈していた。

だから、目の前で、ふたりの幸せそうな光景を突き付けられたとき、いきなり頭を強く殴られたような衝撃を感じた。

彼女を抱きしめる宇野先生の顔はとても幸せそうで、私には、一度も見せてくれたことのない表情を浮かべていたからだ。

＊

「……トンビいや、鷹《たか》、いや、鷲《わし》が来たから仕方ないよなあ」

そう言いながら男は、いつの間に入れたのか、わたしに温かいコーヒーが入ったカップを渡してくる。

「大切にしてた油揚げを目にも留まらぬ早さで取られたら、どうしようもないな」

「……それ、どういう意味ですか？」

安っぽいインスタントの味を飲みこんでから、言葉を返す。

「帰ってから、ことわざ辞典で調べてみなよ」

「そんな辞典、持ってません」

「マジか、ゆとり世代だなー」

くつくつと笑いながら、男はわたしから距離を取ってベッドに座り直す。

「どう？　少しはすっきりした？」

一時間ほど、わたしの情けない話を黙って聞いてくれた男は、笑顔で聞いてきた。

「分かりません。初めてのことで、どう思ったらいいかも。あなたに聞いてもらったのがいいことだったのかも」

「そうか、まあ、分からなくていいよ」

多分、わたしは失礼な発言をしているのに、男は目を細めるだけだ。

「でも、わたし友達居ないので、こういう話が出来たのは嬉しい気がします」

素直な気持ちを伝えると、男の目がもっと細くなる。ちゃんと顔を見ていなかったけれど、目の前の男は整った造作をしていた。

「ツライ気持ちは、誰かに言ったほうが早く楽になるから。これからは、聞いてもらえる友達をちゃんと作らないとな。あと」

わたしの顔を覗きこみながら、男は言葉を続ける。

「俺の名前は、安本やから。ちゃんと名前で呼んでな」

「だから、ヤスって呼ばれてるんですね」

「てか、画廊に行ったとき、最初に自己紹介して名刺渡したやろ!!」

関西弁に戻った安本さんは、そう言いながらわたしの肩を手の甲で軽く叩く。

「……あの、なんで、わたしが宇野先生のこと好きだって分かったんですか?」

居酒屋に居た時点で、この人は気が付いていたはずだ。

「そりゃあ、あのふたりを見る目が、もうなんか、ざくっといきそうな勢いやったからなあ。あれで気付かんのは、目の前に居た天然のふたりくらいちゃうか？」

その返事を聞いて、恥ずかしくなったわたしは下を向く。

「まあ、無理ないわ。佐伯さんが、つい、嫌味言いたくなるのも」

「……そんなに、あからさまでしたか？」

「あのふたりには、通じてないけどな」

恥ずかしさと後悔で、目線をカップの中の黒に集中させていると、安本さんの少し低くなった声が聞こえてきた。

「佐伯さんには悪いけど、俺は、あのふたりにはこれから幸せになってほしい」

真剣な声に、わたしは顔を上げる。

「ソースさん、……ミカさんは、宇野君の前の恋人は事故で亡くしてる」

安本さんは、初めて見せる固い表情で口を動かす。

「それから、ちょっと病気になって、宇野君と出会って治りかけたのに、いろいろあって八年も離れ離れになってた」

わたしは、彼の話に黙って耳を傾ける。

「さっきのふたり見てたら、お互いに気持ちがあったふたりが、八年のときを別々に過ごしたからこその再会だと思った。多分、会えない間、真面目な宇野君はすごく苦しんだと思う」

安本さんの声に、段々と力が入っていくのが分かった。

「俺が今より若かったとき、宇野君は絶対に否定せずに俺の選択したことを褒めてくれた。そのときの自分にとって、それは本当に嬉しかった」

表情を和らげてから、わたしの顔を覗きこんでくる。

「だから、今度は、俺が宇野君を応援してやりたい。ごめん、佐伯さん」

頭を下げてきた安本さんに、少ししてから言葉を返した。

「安本さんに、謝ってもらう必要はないですよ」

わたしの声に、安本さんは顔を上げる。あれだけ饒舌だったのに、関西弁も喋らず、彼はわたしの顔を見つめて口を開いてくれない。

沈黙が居心地悪くて、さっきから濡れて痒《かゆ》くなってきた左腕の包帯をほどき始める。くるくると白い包帯を腕から取っていくと、つるりとした手首が現れた。

本当に、ここに傷でもつけてみれば、今みたいな気持ちは晴れてしまうんだろうか。

「やっぱり、傷なかったね」

その様子を黙って見ていた安本さんは、ぼそりと言った。

「……それも、気が付いてたんですか？」

包帯を束に巻きながら質問すると、驚く回答が返ってくる。

「いや、宇野君が教えてくれた。だから、気にしないでくれって、画廊に行ったときにすぐ言われたよ」

確かに、昼間の安本さんなら、左腕の包帯に突っこんでくるだろう。

そして、いつから、宇野先生は気が付いていたんだろうか。

「あいつのストーカー目線変わってないよな」

安本さんが、小さく声を出して笑った。

「……昔からなんですね。少し、気持ち悪いですよね」

わたしたちは、顔を見合わせて、お互いに笑顔を見せる。

「もう、電車動いてるし、わたし行きますね」

ベッドの備え付けのデジタル時計は、いつの間にか七時を過ぎていた。

「ああ、駅まで送るよ」

「いえ、大丈夫です。あ、これ、捨てておいてもらっていいですか？」

わたしは、嘘のカタマリを安本さんに渡す。

「ああ、分かった。そや、宇野君がムカついたらいつでも連絡してき」

上着を着こんでから、安本さんと携帯の番号を交換し、わたしはひとりでホテルをあとにした。

外に出た途端、冬の朝のぴりっとした空気が全身を包んで、体の隅々まで冷たい空気が支配してくる。教えてもらった駅までの道を歩きながら、雑居ビルに囲まれた空を見上げると、濃紺が広がっていた。

まだ薄暗い世界に慣れないヒールの足音を響かせ、顔を上げて歩いていると、視界がぐにゃりと曲がった。濃い青にビルの看板の光がにじんで線のように左右に散らばり、わたしは足を止める。

どうしたんだろうと思って両目をこすると、手の甲がびっしょりと濡れた。

その途端、急に体の力が抜け、その場に座りこんでしまう。

「……あれ、……何、これ」

寒さのせいもあったけれど、全身がガクガクと震えてきて、両腕で自分の体を抱きしめてみるけれど意味はなかった。

両の目から流れてくる水の熱さだけ感じながら、いつしか、わたしは声を上げていた。早朝の街に人通りはなかったけれど、こんなところで泣き叫ぶなんて自分が一番信じられなかった。

喉から出る自分のモノではないような声が詰まって、咳を払い何度か繰り返しなんとか立ち上がる。

下を向いていたらしつこく涙が垂れてくるので、ゆっくりと、また痛み始めた頭を上に上げた。水分過多の瞳に、薄っすらと色が変わってきた空が映る。

紺色に混じる光はやけにキラキラと輝いていて、それを見ているとぐちゃぐちゃな頭の中が少しづつはっきりしていく。

「……さあ、帰るよ」

ぼそりと呟いて、立ち上がり、足を動かし始める。明けていく空を見つめ、止まらない涙を拭うことはせずに、固くなっている体を動かす。家に帰ったら熱いお風呂に入って、熱いコーヒーを飲みたい。……その前に、お手洗いにいきたい。

急に生理現象を感じて、駅までの道を、わたしはスピードを速めてしっかりと歩いていく。こんな状況なのに、そんなことで足が動く自分がおかしくなってきて、両目から溢れる水はぴたりと止まった。

＊

「佐伯さん、昨日は大丈夫だった!?」

家に帰宅してから熱いお風呂に浸かり、きちんと見た目を整え画廊に来た真面目なわたしに、宇野先生は張り詰めた顔で近付いてきた。

「佐伯さんもヤスも携帯ずっと繋がらないし、居酒屋出てから、ヤスがちゃんと家に送ってくれたんだよね？」

まだお客様が居ない画廊で、宇野先生は焦った様子で、コートも脱いでいないわたしに詰め寄ってくる。

「家に帰ったのは、朝ですけど」

「……そう、……えっ!?」

宇野先生は、しばらく口を大きく開けて固まったあと、携帯を取り出す。

「ヤス!! お前、奥さんも子供もいるくせに一体何考えてんだ!!」

彼は初めて見せる両目を吊り上げた顔で、初めて聞く大きな声を上げる。

「は？ なんだって？ ちょっ、ヤス!? ……もしもしっ？ もしもしっ？」

コートを脱いでハンガーにかけている間に、会話は終わったようだ。宇野先生は、わたしに近寄ってくる。

「……あの、佐伯さん。ヤスとなんか……あった、……の？」

そう言う彼の顔は、おもしろいぐらい血の気《け》がなかった。

「なんかって、なんですか？」

「……えっと、その、……だ、男女の何か、そういうことが」

爆笑しそうになり、背中を向けて返事を返す。

「安本さん、優しかったですよ」

少しあと、ひっくり返った声が聞こえてきた。

「……あ、あの、佐伯さん!! ヤスは、そりゃあ格好いいかもしれないけど、妻子持ちだし大阪に住んでるから、悪いことは言わないから止めといたほうがいい!!」

「何、言ってるんですか?」

「へ?」

わたしはくるりと振り返り、平静を装った顔で言う。

「わたし、まだ、キスもしたことありませんよ」

「……え、そ、そう。……って、え!?」

「ほら、準備しないと。今日、土曜日なんですからお客さん来ちゃいますよ」

わたしはそう言って、掃除道具を取りに行った。いつも通りに出来て、自分偉いと褒めながら。

失恋した一日目は、宇野先生は何も気付かないまま、大した問題もなく、ものすごく疲れたけれど終えることが出来た。

一緒に長い時間居られるからと、受付を引き受けたことを後悔しながら、家に帰ってベッドに倒れこんだわたしはすぐに寝てしまった。

そして、二日目の日曜日。今日が最終日ということもあって、朝から集客が多くて、わたしも宇野先生も対応に追われていた。

「ごめんね、お腹空いてると思うけどもう少し頼めるかな?」

午後二時を過ぎても、休憩を取れていないわたしに、宇野先生は申し訳なさそうに小声で謝ってくる。

「今から、教授が来られるんでしょ？　仕方ないですから」

「本当にごめん、教授が来たら一旦閉めるから」

そう言って、朝から愛想笑いを振りまいている彼は、疲れた顔で頭を下げてきた。

「……これだけ忙しいのって、わたしも嬉しいですから」

本音がつい漏れて、目の前の顔が驚いたモノになり、いつもの頼りない笑顔に変わる。

「ありがとう、個展が終わったら、ご飯ちょっといいところ連れてくからね」

ぽんと、わたしの頭に手を置いてから、宇野先生は呼ばれた先へと行ってしまった。

顔が熱くなって、受付の席で下を向いてしまう。

なんで、まだ、こんなになるのだろう。そう思い、ドクドクと大きく鳴り出したワンピースの胸の部分をぎゅうと握ったときだった。

「……あの、すみません」

聞こえた声に、わたしは顔を上げる。

「佐伯さんですよね。こんにちは、また来ました」

「……こ、こんにちは」

顔から、全身から熱が引いたわたしは、今日も綺麗な妖精さんに言葉を返す。

「人いっぱいで忙しそうだね。もう少し遅い時間に出直したほうがいいかな?」

高価そうなキャラメル色のコートを着ているミカさんは、辺りをきょろきょろ見て、固まっているわたしに言う。

「……ミカさん!　来てくれたんですね」

彼女の姿を見て飛んできた宇野先生が、とても嬉しそうな顔をして話しかける。わたしには向けてくれない表情が、わたしの内臓をぎゅうっと握り潰す。

「……そうだ、佐伯さん」

ふたりの様子を見たくなくて、下を向いていたわたしは顔を上げる。

「今から、休憩取っていいよ。出来たら、ミカさんと一緒にお願い出来ないかな?」

そう言った彼の笑顔を、思い切り殴り付けてやりたかった。

「正直君、私ひとりで時間潰せるよ。こんなオバちゃんの相手、迷惑だから」

「は!?　誰がミカさんにそんなこと言ったんですか?　どこのどいつですか!?」

空回りしている宇野先生に、ミカさんは明らかに困った顔をしている。

「……分かりました。下の喫茶店に居るんで、何かあったら携帯鳴らしてください」

自分の見栄っ張りな性格が、今日ほど恨めしいことはない。

それからすぐに画廊に現れた教授に挨拶をしてから、わたしは、恋敵と肩を並べて画廊をあとにした。

「ごめんね、付き合わせて。私、居ないほうがよかったらすぐに出るから」

喫茶店で向かい合って席に着くと、本当にすまなさそうに、オバちゃんだなんて全く感じないミカさんが言う。

「この辺り、喫茶店ここしかないですし、わたしは全然構わないですよ」

「そう、なら、一緒に居させてもらうね」

そう言って、ミカさんは、女のわたしでも目を奪われてしまう笑顔を作る。

「じゃあ、付き合ってもらってるから、ここは私が出すね。好きなモノ頼んで」

そうは言われたモノの空腹もどこかへ行ってしまって、わたしは簡単にサンドウィッチとコーヒーを頼み、ミカさんはココアを頼んだ。

「足りなかったら、あとで頼んでいいからね」

コートを脱いで、綺麗なダークブルーのワンピース姿になった彼女は、そう言ってまた笑顔を作る。この人は宇野先生の七歳上で、三十三歳になったら、わたしはこんな風になれるんだろうか。十三年後の自分なんて、全然想像出来ないけれど。

「どうかした？　私、何かついてる？」

ミカさんは、不思議そうな顔で、若くてもかわいくないわたしを見返す。

「いえ、何食べたら、そんなに綺麗になれるのかなと思って」

思っていたことが口から出て、彼女は大きく目を開いてから細める。

「私より、佐伯さんのほうが美人さんだよ。大学でもモテモテじゃないの？」

「いえ、全然」

「そっか、美人さんすぎて声かけれないのかな」

　そう言って、いつの間にかテーブルに置かれたカップを手にして、ミカさんはひと口飲んだ。わたしも自分のカップに手を伸ばして、熱すぎるのを知ってるのにひと口飲む。

「私に構わずに、食べてね」

　わたしは大して食欲もないのに、三角のサンドウィッチに手を伸ばして口に持っていく。モソモソと口を動かしながら、頭の中で標準語で語られた言葉を思い出す。

『……ソースさん……ミカさんは、宇野君の前の恋人は事故で亡くしてる』

『それから、ちょっと病気になって、宇野君と出会って治りかけたのに、いろいろあって八年も離れ離れになってた』

　安本さんから聞いた話は、あのときの様子から事実だと思う。けれど、目の前の彼女を目の当たりにしていると、少し疑ってしまう。そんな、暗い過去を持っているなんて思えないくらい、ミカさんは無邪気な笑顔を浮かべるからだ。

　わたしより、とても大人なのに、彼女のほうが素直で感情に正直な表情を浮かべる。

その、ものすごくかわいい姿に、八年という気が遠くなりそうな時間が経っても、宇野先生の気持ちは変わらなかったんだろう。

そう納得するしか、わたしには出来ないのだ。

「あ、佐伯さん、ついてるよ。ほっぺた、この辺り」

ミカさんは、わたしにどう思われているか当たり前だけれど分かっていない様子で、一生けん命自分のほっぺたを触りながら場所を教えてくれる。

「あ、そこ。当たり」

わたしがパンの欠片を指で探り当てると、満足そうに彼女は笑った。

……なんで、この人はこんな顔を、わたしに向けられるんだろう。

急に溢れた感情に、口が勝手に動く。

「……ミカさんって、薄情ですよね」

返事の前に、昨日の、安本さんの声が聞こえてくる。

『多分、会えないあいだ、真面目な宇野君はすごく苦しんだと思う』

それに重なるように、私は言った。

「恋人が死んで、新しい恋人作って。……その人を、……宇野先生を、八年間も放っておけるなんて、わたしなら考えられません」

よくこんな強く汚い言葉が吐けるなと、我ながら感心した。

吐き捨てられたのは、目を大きく開いて、笑顔を消した何も悪くないミカさん。

……わたし、最悪だ。

そう思い、情けなく顔を下に向けるしかなかった。

「……そうだね。佐伯さんの言う通りだよ」

わたしが謝罪の言葉を取り出す前に、小さな声が聞こえた。

「本当に、私は駄目な人間で、周りの人達の気持ちが分かってなかった」

彼女の声は、怒ってるモノでも、わたしを責めるモノでもなかったけれど、白いお皿に乗ったパセリから視線は動かせなかった。

「だから、全部、私のせいで、みんなを傷付けてしまった。……正直君を、約束でしばって逃げた私は、とても汚い」

強い声が聞こえて、わたしはやっと顔を上げた。

目の前には、予想していたのと違う、穏やかな顔をしたミカさん。

「そんな自分だけど、約束した通りに生きてこられたかは分からないけど、もう、正直君に会えないことが耐えられなかったの」

その言葉は、まっすぐにわたしに届いて、顔を背けたくなったけれど我慢した。

「ずっとお世話になってる父のような人に、正直君が載っている雑誌を見せてもらって、背中を押してもらって、やっと会いに行けた」

長いまつ毛を伏せて、彼女が紡ぐ言葉をわたしは黙って聞く。

「正直、すごく不安だった。拒絶されるのは当たり前だと思ってたし、私のことなんか、忘れてしまってるだろうと思ってたから。でも……」

そこからの言葉を、耳をふさいで聞くのを拒否したかった。

「同じ気持ちでいてくれたなんて、夢みたいだった」

そう言って、ミカさんは何かを思い出した様子で、頬を緩める。多分、知りたくもない、わたしの知らないふたりだけの。

「佐伯さんみたいな若い人から見たら、いい大人が何してんのって感じだよね」

「……いえ、何も知らないくせに……すみませんでした」

「こっちこそ、ごめんね、大人が情けないところばっかり見せて」

そう言ったミカさんは、とても困った顔をしている。

「……情けなくなんかないです。すごく……」

わたしの言葉途中で、テーブルに置いていた携帯が震えた。

通話ボタンを押すと、当たり前だけれど今の状況を何も知らない、呑気な声が聞こえてくる。

「ミカさん、宇野先生が代わってくださいって」

言われた通りミカさんに携帯を渡すと、短い時間で会話が終了した。

「ごめんね、呼ばれたから先に行くね」

「どうぞ、わたしはまだ休憩しててていいみたいなんで、ここに居ます」

「またあとで」と笑顔を残し、代金をテーブルに置いて、彼女は喫茶店をあとにした。

かすかに残る、彼女がつけている甘い香水の匂いを感じながら、テーブルにごつんとおでこをぶつける。

最悪だ。なんなんだろうか、三日前から、自分の行動が信じられない。これまでは、他人に関わらないように行動していたし、迷惑をかけるような行動はしてきていないと思う。それだけが、自分の長所だと思っていた。

このままテーブルに同化してしまいたいと、馬鹿なことを思っていたら、顔の横で携帯が鳴る。

新着メールを確認すると、明るい関西弁が聞こえてくるような内容だった。

【また飲んだくれてないか？

昨日、宇野君からしつこく電話来たから
なんもなかったって言っといた。

もちろん、なんも喋ってないでー（笑）】

わたしは、救いを求めるように、すぐ返信メールを送信する。

すると、数分で返ってきた。

【宇野君相変わらず空気読めんね（笑）

まあ、今の佐伯ちゃんやったら、
ミカさんに八つ当たりすんの仕方ないで。
ちゃんと反省してるみたいだから、
落ち着いてから、ちゃんとミカさんに謝ればいいよ。
悪いのは宇野君やから
あんまり落ちこむなー☆】
文面を見てると、自分の顔が緩むのが分かった。
ありがとうございましたと返信のメールを送り、わたしは喫茶店をあとにし、重く感じる足で画廊へ向かう。
「……あれ？　宇野先生おひとりですか？」
準備中の札が玄関にかかっていたので、てっきり、まだ彼女の姿があると思って、緊張しながら中に入ったのに、受付の椅子にぽつんと座っている宇野先生を見て拍子抜けしてしまう。
「……あ、うん。おかえり。あ、札変えてくるね」
ふらりと立ち上がり、玄関に向かう途中、平らな床で宇野先生は思いきりつまずく。
「だ、大丈夫ですか？」
「……あ、うん。あ、佐伯さんさ、今日このあと予定ある？」

「特には」

「じゃあさ、今日、晩ご飯奢るよ。何食べたいか考えといて」

「え!?」

「約束してたろ？　あ、門限とか厳しいかな？」

「いえ、大丈夫です」

「そうか、じゃあもう少しがんばってくれる？」

わたしは口を閉じて首を縦に振り、宇野先生は力ない笑顔を返してくれた。何かあったんだろうなと分かるけれど、素直に、嬉しく思う自分がいる。

それからも来場してくれる人は絶えずに閉館の時間になり、あと片付けを一緒に終え戸締まりをして画廊を出たときには、日はとっぷりと暮れていた。

「何食べたいか決まった？」

「……えっと、インドのカレーが食べたいです」

「そんなのでいいの？　もっと高いところでもいいよ？」

「いいえ、無性に食べたくて」

ふたりで並んで、気が早いクリスマスの飾り付けが始まっている、駅までの道を白い息を吐きながら歩く。

こんな些細なことが嬉しいと思ってしまうなんて、あきらめが悪すぎるだろう。

「じゃあ、ひと駅先においしいところあるから行こうか。随分行ってないから、まだあるといいんだけど」

「はい。なかったら、責任取ってくださいね」

宇野先生はわたしの言葉に笑顔を返してくれ、なんでもない、こんなやりとりがすごく幸せに感じた。

……こんな時間が、少しでも長く続けばいいのに。

なんて、乙女な発想が自分にあったのに驚きながら、彼に連れていってもらった先は、黄色の外壁の小さなインドレストランだった。

カタコトの日本語の、多分、向こうの国の人が席に案内してくれて、わたしたちは外国のビールを頼んだ。

宇野先生がオススメするメニューが運ばれてきて、スパイスたっぷりの味を堪能しながら、向かい側ではドンドン瓶《びん》が空になっていく。

「宇野先生、飲みすぎじゃないですか？」

「そうかなー、この前の佐伯さんほどじゃないよー」

ほんのり赤くなってきた顔で宇野先生はそう言い、両目尻を思い切り下げて笑う。

もうオジサンと呼べるぐらいの年なのに、なんなんだろうか、このかわいさは。

「そんなにすごかったですか？　わたし、途中から記憶ないんです」

恋の力って本当に恐ろしいと思いながら、彼から目を逸らして返した。

「すごかったよー、ヤスと張り合ってたくらいだから、十杯以上飲んでたよ。ミカさんとふたりで圧倒されてた」

「……今日、ミカさん、帰っちゃったんですね。夕飯、約束してたんじゃないんですか？」

　目の前のふにゃふにゃしていた顔が、一瞬で硬いモノに変わる。

「……はい、約束してましたが。……多分、怒って帰ってしまいました」

「え⁉　なんでですか？」

「……や、これ以上、生徒にみっともないとこ見せられないから」

「宇野先生が、画廊で美人と抱き合ってたって大学で言いふらしますよ？」

　彼はわたしの顔を目を開いて見たあと、顔を下に向け白状し始める。

「……今日、教授に紹介しようと思ってミカさんを呼んだんだけど。教授が、余計なことを言ってさ……」

「余計なことって、なんですか？」

　少しの間のあと、宇野先生が重そうな口で言った。

「……教授は、佐伯さんと……僕が付き合ってたと思ってたから、驚いたって、……ミカさんに言ったんだ」

わたしは、口を開いたまま固まってしまう。

「……そのあとすぐに、ミカさんは今日は帰るって……。それから、電話してもメールしても繋がらないんだよ……どうしたらいいと思う?」

「……しっ、知りませんよ、宇野先生は大人なんだから自分でなんとかしてください」

「……ですよねー」

そう言って、宇野先生は瓶ビールをあおる。明らかにうなだれている姿を見ながら、わたしも瓶に口を付ける。

「教授も教授だよ、佐伯さんが僕なんか相手にするはずないし、そんなこと言われるなんて迷惑だし嫌だよね」

そう言って笑いかけてきた彼に、口から言葉がこぼれた。

「……わたしは、宇野先生とそんな風に言われるの、迷惑でも嫌でもないです」

気が付くと、宇野先生はぽかんとした表情を浮かべていた。

わたしは、数秒前の自分の声を思い出し、ものすごい熱さが頭の先から全身に広がる。

「……あのっ、……わ、……わたし」

いつもみたいに言葉を返すのは、真っ白になった頭では無理だ。

沸騰して湯気が出てきそうな頭が、綺麗な手でなでられた。お陰で、わたしは動揺のしすぎで泣き出さずに済む。

「ありがとう、佐伯さんに、そう言ってもらえるなんて嬉しいよ。僕が落ちこんでるからって、そんな言葉かけてくれるなんて、優しいね」

宇野先生は柔らかくほほ笑み、わたしの頭から手を離した。

「……野良ネコ拾ってきて飼ってたら、こんな感じなのかな」

「え？」

「シャーって唸ってたネコが、落ちこんでたら、寄り添ってきてくれたみたい」

意味がやっと分かってきたわたしは、ますます、自分の顔が赤くなるのを感じた。

「なんか、顔の赤さ尋常じゃないけど飲みすぎた？　大丈夫？」

「大丈夫です」と嘘の返事を返し、目の前の瓶に手を伸ばして瓶の残りをあおる。

「おかわり、お願いします」

「……そういえば、佐伯さんってまだ未成年だったんじゃ」

「一週間前に二十歳になってますけど」

まだ熱さが引かない顔を下に向け、いつも通りの声をなんとか出した。

「程々にしとかなきゃ駄目だよ？」

「分かってますよ。わたしの心配するより、自分の心配したほうがいいんじゃないんですか？」

店員さんから、新しいビールの瓶を受け取りながらそう言うと、宇野先生は顔を下に向けたあとで、さっきのわたしの行動を真似する。

「よし、今日は飲もう。すいません、こっちもおかわりください」

「大丈夫ですか？　わたし、介抱しませんよ？」

「大丈夫、大人ですから」

「かなり年下のわたしに、愚痴ってるくせに？」

「……なんのことか分かりません」

いつも通りのやりとりを、わたしたちは笑顔で繰り返しながら、外国産の味の薄いビールを空けていく。店員さんにラストオーダーですと告げられ、そんなに時間が経っていたのに、気が付かなかったくらい楽しかった。

「まだ、終電間に合うよね？　駅まで歩ける？」

アルコールに満たされている体はホカホカと温かくて、店の外に出てもあまり寒さを感じない。

「歩けますよ、馬鹿にしないでください」

そう言いながら、一歩踏み出すと、つま先を思い切り地面に取られてしまう。

「危ない!!」の言葉と同時に、わたしの体は強い力でうしろに引き寄せられる。

「……やっぱり、酔っぱらってるじゃないか」

左手首を強く握る大きな手。自分の体重を受け止めてくれた、服越しに感じる固い体。顔を上げると、宇野先生の困ったような、いつもの笑顔がすぐ近くにあった。

「佐伯さん、大丈夫？」

今、わたしは、彼の胸の中に収まっている。あの、わたしの頭の中にしっかりと刻まれたふたりのように。

さっきまでのような動揺は、不思議と感じなくて、頭の中は静かだ。

「……宇野先生、わたし……」

「分かった、ちょっと待ってて」

宇野先生は、わたしから離れ、足早にその場から去っていく。

「はい、もう我慢出来なかったら、ここでいいからね」

息を切らして戻ってきた彼は、コンビニのビニール袋とミネラルウォーターのボトルを渡してきた。

「すぐそこに公園があったから、そこの公衆トイレまで我慢する？」

心配そうに顔を覗きこんでくる姿に、わたしは、違うモノを吐く。

「宇野先生、馬鹿じゃないですか？」

きょとんとした顔に、おかしくなって、笑い声を大きく上げ始める。

「……まあ、大丈夫ならいいんだけど」

宇野先生は、ぼそりと言ってから、背中を見せる。

「大丈夫じゃないですけど、大丈夫な気がします」

多分、今、必死でいつもの顔に戻そうとしている。不器用で、ちょっと、いや、かなり抜けてる優しい人に言った。

「……そっか、ならいいけど」

「わたしより、……ミカさんの心配してあげたらどうですか？」

目の前の背中が、ぴたりと止まった
「今からでも、直接、誤解を解きに行ったほうがいいですよ。……また」

何言ってんだろうなと分かっていたけれど、言葉を続ける。

「ミカさんと、離れたくないなら」

「……うん。そうだね」

そう言って彼は一歩足を踏み出し、止まった。

「今度こそ、ちゃんとお礼するからね。明日、また学校で」

わたしに振り返り、宇野先生は笑顔で言った。

「はい、また、明日」

「ちゃんと、ひとりで帰れる？」

「大丈夫ですから、さっさと行ってください」

「分かった、気を付けて帰るんだよ。また、明日」

今度こそ、彼は背中を向けて走っていった。

その姿が完全に見えなくなってから、わたしは、行きと違いひとりで駅までの道を歩き出す。さっきまで感じなかった寒さが、急速に体を隅々まで支配してきて、それに負けず、立ち止まらないように、歯を食いしばって歩くことに集中する。

自分の白い息を見ながら、さっきまで、向かいにいた顔を思い出す。アルコールのせいで赤くなって、饒舌になり、緩ませていた表情。その顔は楽しそうには見えたけれど、あのときの、とても幸せなモノには到底かなわない。

半年以上、見つめていただけのわたしは、ミカさんと出会えたときの宇野先生の顔が一番好きだ。

「……馬鹿か、わたしは」

泣いてしまうと、足が止まってしまうのが分かっていたので、上を向いて、星がひとつもない黒い空を見ながら歩いた。

そして、頭上の一色の視界は、三日前の紺色の世界を見ていたときより悲しいモノでないことに気が付く。惨めな気持ちや寂しさは、自分の中で変わらずにドロドロと渦巻いていたけれど、少しだけ、違うモノが混ざり出していることにも。

今は、その気持ちは蓋をしておこう。もう少し、悲劇のヒロインぶっていてもいいだろう。

「……それくらい、いいでしょ？」

わたしは、声に出して自分に聞いてみる。まあ、いいんじゃないと、答えが出たころには駅に着いていた。

改札に入ると携帯が震えて、ホームに着いてからメールを一件確認する。

「……ばっかじゃないの？」

わたしはそう言って、携帯を強く握る。

電車が到着し、強い風が、その後もしばらく出続けることになった両目の水を吹き飛ばした。

*

電車の中で、周りの人間に注目を浴びるという経験をした次の日。二日酔いではない頭の痛さを抱えて、目の下にクリームを塗りまくって、寝不足のままちゃんと登校した。

やっと目のむくみがとれた放課後、わたしはノックをして声をかけてから、返事のない教員室へと入る。昨日、今日の放課後ここに来るように指示したくせに、この部屋の主は居なかった。

いつも通り、わたしはひとつしかないデスクの椅子に腰かける。教科書や資料が積まれて、小さな机の空白に、顔をくっつけるとひんやりして気持ちよかった。

まだ、しょぼしょぼする目を閉じて、最低なここ数日間を振り返る。宇野先生に気持ちを振り回されてばかりで、周りに迷惑をかけてばかりいた気がする。恋って、もっとキラキラしていて、希望に溢れているモノだと思っていたけれど、わたしの場合は違っていたようだ。

片想いだったからかと思い、薄っすらと目を開け、大きく叫んだ。

「ごめん。寝てるのかなと思って」

「……お、驚かさないでください」

すぐ目の前にあった宇野先生の顔に驚いたわたしは、自分の耳が痛くなるくらいの声を上げてしまった。

動揺しすぎたのが格好悪くて、椅子から立ち上がり、背中を向ける。

「ごめん、あ、昨日、あれからちゃんと無事に帰ったみたいだね」

……はい、昨日は、

【佐伯さんに言われた通り来てよかった
本当にありがとう

ちゃんと帰宅したら連絡ください
明日の放課後、教員室で待ってます】

なんてメールをもらって、涙が止まらないまま電車に乗って、無事に帰りましたよ。

……そう言ったら、目の前の穏やかな顔はどう変わるんだろうか。

「ミカさんに怒られたよ、若い女の子を夜道に放ってくるなんて、男として失格だって」

うしろからにょっと腕が伸びてきて、手には、わたしのぶんの缶コーヒーがあった。

受け取り、ゆっくりと、表情が崩れないように注意して振り向く。

「あの店、ミカさんの家の近くだったんですね。わたしが何か言わなくても、別れたあと行く気満々だった訳ですね」

「……ち、ちが!! 昨日は、本当に佐伯さんに背中押されないと行けなかったよ！」

缶コーヒーのプルを開けながら、はいはいと言葉を返す。

「僕がストーカー気質だったとしても、昨日の状況では会いに行けてないから」

がさっと、やけに重そうなコンビニの袋を机に置いて、宇野先生は自分の缶コーヒーを取り出す。わたしは、その袋の中身を見逃さなかった。

「今日、ちゃんと教授に怒っといたから。そしたら、冗談に決まってるだろうって、僕なんかが佐伯さんと付き合える訳ないだろうって言われ……」

やっと、わたしの視線の先に気が付いた宇野先生は口を閉じる。

もう手遅れなのに、彼は慌てて、その辺にあったモノを、コンビニの袋からはみ出している結婚情報誌の上に重ねた。

「……あの、いや、これは、その」

「まだ、再会して数日しか経ってないのに、もうプロポーズしたんですか？」

「ちが!!　まだ、これから……」

しまったという表情を浮かべ、宇野先生は一瞬で顔を赤くする。

「プロポーズする前に、そういう雑誌買ってる男って、少し、気持ち悪いですね」

「や、さっき教授に言われて、結婚式はちゃんとしろって言われたから……」

そこまで言って、彼は耐え切れなくなったのか、わたしに背中を向ける。

「で？　今日は、わたしにプロポーズの相談でもしたくて呼んだんですか？」

「違うよ」と言い、宇野先生は机の引き出しを開ける。

「個展の手伝いとか色々ありがとう。今日は、これを渡したくて」

振り返った宇野先生は、わたしに小さな紙袋を渡す。

「改めて、ご飯はちゃんと連れていくから。何食べたいか考えといて」

予想してなかった行動に驚き、わたしは紙袋の中身を見る。

……本物のウルトラマリンの絵の具が、一本入っていた。

「薄給だから、一本でごめんな」

一本でも、ふたりで安い居酒屋に行けるぐらいの値段だ。

私は顔を上げ、うっかりすると両目から水がこぼれそうになったので、一度下を向いてから顔を上げる。

「ありがとうございます。これだけで十分ですから、ご飯はいいです」

「珍しいな、遠慮しなくていいよ？」

「遠慮じゃなくて、わたし、宇野先生よりもっと素敵な人とご飯に行きたいんです」

嘘、行きたいけれど、もう、決めたのだ。

「そっか、じゃあ仕方ないな。素敵じゃなくてごめんな」

目の前の、好きな人の幸せを願うことを。

「はい、じゃあ、わたし帰りますね」

震える指先で、口をつけていないコーヒーの缶を渡す。

「その素敵な人と何かあったら、いつでも相談してきていいから」

「宇野先生頼りにならないから、遠慮しときます」

「確かに、そうだけど……」

そう言った宇野先生は、少しだけ寂しそうな顔をした。わたしの勘違いかもしれないけど、すごく、嬉しい。小さな紙袋を自分の鞄にそっと入れて、もう、私用では訪れることのない部屋に口に出さずに別れを言う。

背中を向けて扉を開くと、うしろから、いつもののんびりした声が聞こえてきた。

「気を付けて、また明日」

その言葉に、少し間を空けてから言葉を返す。

「さようなら、宇野先生」

扉を閉めて、薄暗い廊下をゆっくりと歩き、玄関までたどり着いたわたしは顔を上げる。

「……絶対、これよりすごいの描いてやる！」

前に宣言したときより、強い気持ちで、彼の黒い絵に言った。

わたしが宇野先生からもらったモノを、誰かに感じてもらえるよう、今なら描ける気がするし、彼より素敵な人だって絶対に見つかる。そして、彼らみたいな、幸せな関係を築くことだって出来るだろう。

わたしはその場から、強く一歩を踏み出した。もう、目から何か出てくる気配は全くなかった。外に出ると体は冷たい風に包まれて、頭上の空は日が傾き始めていた。

碧く澄んだ色から続く、濃紺の世界にひとりでいることは、もう怖くも悲しくもない。大好きだった人からもらった青色。それだけで、今のわたしには本当に十分だ。大切な人に贈るダイアモンドより先に、宝石を送られたのだから。

キャンバスに描く、希望に満ちた青色を思いながら、わたしは足を動かした。

END

この物語はフィクションです。実在の人物、団体等とは一切関係がありません。